不運は面白い　幸福は退屈だ

人間についての断章326

佐藤愛子

目次

本書は、一九九九年七月、海竜社より刊行されました。

不運は面白い
幸福は退屈だ

［第一章］幸福に定義はない

――幸福はたった一つの形と決めたところから不幸がはじまる

幸福の形は一つではない

幸福はたった一つの形のものだと思い決めたところから不幸がはじまる。その幸福の形にむりに自分をはめ込もうとして無駄なあがきをするからである。

『こんな幸福もある』(エッセイ)

苦しみから早くのがれたいと思う人の心は、今も昔も変わりはない。しかし精神の苦しみは手っとり早く解決してしまってはならないものである。すべての人が幸福になるのはいうまでもなくよいことだ。しかし心のヒダがのっぺらぼうの幸福は果たして真の幸福といえるだろうか。

『こんな幸福もある』(エッセイ)

私にとって幸福とは「元気がいいこと――」ただそれひとつなのである。

『老兵は死なず』（エッセイ）

☘

そもそも幸福の下絵は自分で作るべきものである。人の真似をした下絵は、下絵通りに行かないことが間々《まま》あって、そんな時に夫に幻滅したり、子供に八ツ当りしたり、そこでまたしても人がしているからとて浮気や離婚を夢みたりされたのでは、はた迷惑というものであります。

『枯れ木の枝ぶり』（エッセイ）

☘

すべてを明らかに見るのがいいというものではない。見る必要のないものは見ないのがいい。それが倖《しあわ》せへの道なのであろう。

『女はおんな』（小説）

☘

人間にとって恐いものがなくなるということは、あまり喜ばしいことではない、とこの頃、私は思うようになった。お化けを怖《おそ》れ、神さまのバチを恐がらなくなったあたりから、我々の平和・幸福はニセモノ臭くなって来ているのではないだろうか。

『女の学校』（エッセイ）

☘

誰かの役に立つ。報酬なしでだ。それこそ誇るべき老後の幸福だ。

『凪の光景（下）』（小説）

☘

十二年頑張って来たおかげで、漸《ようや》く安楽になったんだなあ、としみじみ思うのだが、「では今は幸福ですね」といわれると、なぜか考えてしまう。

あの走る火の玉のように毎日を送っていた頃が懐かしいのである。あの頃は持てるエネルギーをギリギリのところまで燃焼して生きていた。病気は苦しいが、死ぬことを心配したことはなかった。三十九度の熱でも講演が出来た。飛行機の中で原稿を書くことが出来た。

借金は働けば返せるのである。財産が何もないということは、これ以上なくなる心配はないということだ。何も怖いものはなかった。盆も正月もない。ただ、前進あるのみ。

あれこそ幸福というものではなかったのかと、今、六十歳の私は思うのである。「したくない仕事もしなければならなかった」ということは不幸のようだが、「したくない仕事もやれた」と考えれば、不幸の影は薄らぐ。今、「したくない仕事をしなくてすむようになった」ということは、「したくない仕事は出来なくなった」ということを意味しているのではないか？

――あの頃はよかった……幸福だった、と私は思わずにはいられない。一途《いちず》に、苦労と闘えたということは（負けるとは決して思わなかったということは）、何にもまさる幸福ではなかったか。今の私が無意識に考えていることは、疲労しないことであり、従って働かないことであり、いやなことは避けるということになっている。

それが出来るということを幸福だというならば、それは「寂しい幸福」であると思わずにはいられない。

『老兵は死なず』（エッセイ）

☘

忙しく働くことをつまらぬことだという最近の女性の思想は、どこから来たものであろうか。己れの犠牲を犠牲と感じず、それによって喜ぶ人の喜びを自分の喜びと感じることが、なぜつまらぬことなのだろう。
どうもこの頃の主婦は怠けることに意義があり、不平文句《もんく》を探すのを女の甲斐性《かいしょう》と思っているふしがある。しかしそれが果たして女の幸福につながることか、不幸につながるのか、私にはよくわからないのである。

『女の学校』（エッセイ）

♣

人は自分以外の人間の不幸をどうすることも出来ないのだ。助けることも、慰めを与えることさえも出来ない。親子、夫婦、恋人、すべて本質的には無力なのである。

『愛子のおんな大学』（エッセイ）

♣

これまで私は、自分の幸福について考えたことがなかった。また、不幸について考えたこともない。自分を幸福だと特に思ったこともなければ、不幸だと思ったこともない。私は生きることに忙しく、そういうことをいちいち思っている暇がなかったのだ。
そういうことを考える暇のない人生を生きることを幸福だと思う人もいるだろうし、

また不幸だと思う人もいるだろう。不幸だと思う人は、平和こそ幸福だと考えている人で、幸福だと思う人は、波瀾《はらん》と戦うことを不幸だと思っている人である。幸、不幸はその人の価値観によって違う。

『何がおかしい』（エッセイ）

♣

今、もうそろそろ自分の幸福について考えなければいけない、と思いはじめている。そしてほんとうに大事なことはただ「幸福を感じる」ことだけではなく、「幸福になろうとする」ことだということが、この頃、漸《ようや》くわかってきた。ただ、待っているだけでは、ほんとうの幸福はこないのである。自分の中に幸福の根をしっかり植えつけるには「力」が要るのである。

『何がおかしい』（エッセイ）

♣

私は自分の人生を悲観したことなど一度もなかった、と自分に確かめるように思った。どんなに波瀾が多くても、これが私の作る人生だと思って生きてきた。幸福は与えられるものではなく、作るものだ。それと同じように不幸も向うから来るものではなく、自分で招くものだと私は考えてきた。そう考えることによって、私は耐えてきた。元気を出して耐えている自分を誇りに思うことによって耐えたのだ。

『幸福の絵』（小説）

☘

私は「めげずに生きようとする力」を自分の財産にしようと思った。そしてそれを私の幸福とする――。そう思うことによって、私は元気を失わずに生きて来たのである。

『上機嫌の本』（エッセイ）

人は武器をもって闘うように幸福によって闘う

手ずれのした襖《ふすま》の引き手。あちこち花形の切り張りがしてある障子。毎年背丈を計った疵《きず》だらけの柱。アルミニュームのでこぼこ湯呑《ゆのみ》は子供のものと決めていた。瀬戸《せと》の大きな丸火鉢には、そこで焼いた餅《もち》や芋《いも》の香が染み込んでいる。

私はそんな家で育った。それは「マイホーム」ではなく、「我が家」だった。お客さんが来て泊って行ったり、病人が寝ていたりする家だった。

マイホームには病人は似合わないのである。それで直ちに病院へ運ばれてしまう。マイホームにお客さんは逗留しにくいのである。それで田舎の親戚は遠慮気がねして、早く帰って行く。

マイホームの中には、ハッピーがある。我ら日本人としては「幸福」という言葉ではなく、ハッピーというにふさわしい気分の「マイホームのハッピー」と、「我が家の幸福」と、どっちがより倖せであるか、この答はむつかしい。

『枯れ木の枝ぶり』（エッセイ）

♣

幸福に暮すとはどんなことか。幸福とはひとりひとりみな、違った形のものであるはずなのに、ひとつの形のものだと思っている。幸福行きの電車なんてあるわけはないのに、進学することがその電車に乗ることだと思っている。その一途な思いこみのために、教育ママは孤独な奮闘をしなければならないのではないだろうか。

ことは簡単。

「子供の幸福は子供が築け」

キッパリ、そう思えばいいことではないんですか。

『女の学校』（エッセイ）

♣

我々がことをなす場合は、何ごとにも「覚悟」というものが必要なのである。私が文学の道を行こうと思い決めた時、「行く先はまっくら」という覚悟を決めた。小説で飯が食えるようになるか、ならないか、わからないがやる、という覚悟である。植村直己が北極の氷原を犬ゾリで横断しようとした時も、覚悟を決めていたにちがいない。

文学や北極横断と不倫の愛とはハナシが別だといわれるかもしれないが、覚悟を決めなければならないことにおいては同じなのである。

それは「ひと並みの倖せは断念する」という覚悟であり、「自分なりの倖せを摑《つか》むために苦闘する」という覚悟である。

『こんな暮らし方もある』（エッセイ）

☘

自分で自分のことを「幸福です」といえる人が増えてきたことは嬉《うれ》しいことだ。何年か前までは不倖せな顔をしている方が落ちつくし、他人にも気に入られると思っている人が多かった。自分を幸福だと認めることは、なんだか気恥ずかしいように思われ、いい気になっているような気がして、無理に不幸を捜《さが》したりしたものである。

二十歳の時以来、私は不幸というものと同居しているような歳月を生きたが、同居はしているが自分を不幸だと思ったことはなかった。ただ私はしたいことを一所懸命にしただけである。しなければならないからしたのではなく、したいからした。苦しいと思ったのは、不幸だからではなく、したいことに熱中するあまりに、肉体が苦しかったのだ。

「人が武器によって闘うように、幸福によって闘う」というアランの言葉が私は好きである。「倒れようとする英雄にも幸福はある」という言葉も好きだ。幸福を生命と同じように、しっかりと自分の内側に釘で打ちつけたい。

『幸福という名の武器』(エッセイ)

☘

何か便利なもの、快適なものに身を委《ゆだ》ねるとき、私は「ああ私も堕落した!」と思う。そう思いつつ、つい引きずられて「文明の利器」を利用してしまう。そしてまた思う。——ああ、とうとう私もここでまた堕落したか! と。そのくり返しだ。しんどい。

『女の怒り方』(エッセイ)

☘

われわれは欲望の満足に対して謙虚さを失った。何よりおそろしいことは、この物質の氾濫がわれわれの精神を物質的満足だけで占めてしまうことではないだろうか。金、家、行楽、家事の合理化機械。そして物質的安楽。それが人間の幸福であり、人生の目標であると思いこんだところから、われわれはゆとりを失ったのではないだろうか。

いつからこうなったのか、ひとつの大きな流れが出来て、ものすごい勢《いきおい》で日本を貫いている。その流れを「欲望の瀑流《ばくりゅう》」とでも名づけようか。我々日本人は、かつて美徳とした、欲望を抑えるということを放棄してしまった。今では我慢をすることは正しくないこと、人間として不自然なことだと考えられているかのようだ。欲望を満すことが何よりも優先する。そしてそのためには「深く考えないこと」が第一なのである。

先日テレビで知識人（？）と目されている人たちが集って「神」「宗教」についての意見を交していた。日本人はなぜ信仰を持たないか、日本人にとっての神とは何かなどと分析的に語られていたが、そう語るその人にとって、神とは何かということには遂《つい》に触れられなかった。神の存在を信じるのか信じないのか、それもわからない。「そもそも日本人というやつは」とか「だいたい日本人てのは」という言葉が頻頻《ひんぴん》と出てくるが、その「日本人」の中にその人たちが入っているかいないのか。知識人が日本人の国際性のなさについて論じる時にもそれと同様のことを感じる。皆が己れを棚に上げてモノをいっている。日本中が口舌の徒になっている。

もし棚から己れを下ろせば、人間が神を怖れず科学を信奉してその領域を侵犯しはじめたことの傲慢《ごうまん》さに気がつく筈《はず》である。私は今、造物主としての神の沈黙の中の眼差しが怖い。

『こんな老い方もある』（エッセイ）

☘

現代人は生き甲斐を探しながら、一方で平穏無事にしがみついているのだ。人の生き甲斐というものは、苦難、あるいは不可能に立ち向かって、それを乗り越えた時に生まれるものだと私は考えている。その生き甲斐のもととなるべき目標を持とうとせずに、（その目標の前に苦難や不可能があれば、あっさり目標を捨ててしまうくせに）生き甲斐はどこだ、どこだ、と探しまわっている。

『破れかぶれの幸福』（エッセイ）

☘

数年前、我が家が破産して、債権者の包囲攻撃に晒されたとき、から元気を出して陽気に笑っていたら、人はその健気さを賞《ほ》めてくれるかと思いきや、あんなに笑っているのはおかしい、きっとどこかに金を隠しているにちがいないと疑って、私は借金とりに糾問《きゆうもん》された。

人は他人の怒号や悲歎に対しては心打たれるが、なぜか笑いに対しては心を使わない。歓喜を押えた怒号というものはないが、悲愁を押えた笑いというものはあるのだ。なのに美女の微笑ばかり探究して、悲痛なる高笑いの方は聞き流す。

モナリザの微笑を探究するのも結構だが、猛女の高笑いにもいささかの眼差しを注がれんことを。

『男の学校』（エッセイ）

☘

私はいつもありのままの自分自身として存在していたいのだ。笑う時は腹の底から「わーッハッハッハァ」と哄笑《こうしょう》したい。そうでないと身体に活力が湧《わ》かない。私は笑いは活力のもと、と確信しているのである。

『娘と私のただ今のご意見』（エッセイ）

☘

現代人にとっては幸福イコール生活の快適といってもいいほどで、こうした生活の中では、最も憎まれ嫌われるものは何かというと、「苦痛」ということなのである。

苦痛への抵抗力を失った人間は、肉体の苦痛ばかりでなく、心の苦しみに対しても弱くなってしまった。現代では〝苦しむこと〟とは〝不合理〟ということなのだ。

『こんないき方もある』（エッセイ）

☘

たくましい人間は現実への力で現実の荒波をきりぬけるが、非力な人間は精神のゆたかさできりぬける。

『こんないき方もある』（エッセイ）

☘

女はもっと強くならなければならない。しかしそれは男に対してではなく、女自身に対してなのである。

『三十点の女房』（エッセイ）

☘

強くなるということは、やたらに傷ついた傷つけられたと騒がぬことである。人を傷つけるのはよくないことだろうが、むやみに傷つく方もよくないとかねてから私は思っている。

女はもう十分に強い。ますます強くなるだろう。弱さを武器にして戦いをいどむのはもうやめよう。

そろそろもう女性は強さよりも「大きくなる」ことを志向する時が来ているのではないだろうか。

『戦いやまず日は西に』（エッセイ）

♣

相手の立場というものを考えないですむ人は倖せでいいなあ……。

しかしその倖せな人間とつき合わされる方は、少しも倖せでないのである。

『こんな暮らし方もある』（エッセイ）

［第二章］だから人間はおもしろい
――こんな見方、つき合い方がある

相手のために身を削れるか

☘

人はみな、善にせよ悪にせよ無限の可能性を持って生きている。それが人間のおもしろく、またすばらしいところだと私は思う。自分をも含めたあらゆる人間の可能性を信じて、われわれは生きていきたいものだ。もっと自分の心をからっぽにして、星を見るように、草や花を見るように、自由で虚心な目で人を見たいものだ。頭で考え判断を下すことではなく、それぞれの人のあるがままのありかたをそっくりそのまま受け入れたいものだ。たとえ悪妻が、夫のために涙するときがあったとしても、べつだん驚いたり感心したりするには当たらないのである。

『三十点の女房』(エッセイ)

☘

「あの人はいい人よ」

と簡単にいう人がいる。

どんなふうに「いい人」なのかというと、「愛想がよくて親切」だという。しかし彼女が愛想がよくて親切なのは、その人（彼女のことをいい人だといった人）がカネモチだから（あるいは単純に、好きだから）であって、カネモチでない人（好きでない人）には無愛想で冷淡なのかもしれない。

あるいは誰に対しても愛想がよくて親切かもしれないが、その反面、出しゃばりで嫉妬《しっと》深いかもしれない。

愛想よさと親切だけが表に出ている間は「いい人」だったが、そのうち出しゃばりでヤキモチやきの面が出て来て、「いい人」ではなくなる。すると、「あんな人とは思わなかったわ、欺《だま》されていたわ」ということになるのだが、しかし、それ――愛想よくて親切で出しゃばりでヤキモチやき――が「彼女」なのである。「いい人」の部分もあるし「いい人でない」部分もある。それが彼女なのだから、いい人でない部分が出て来たとしても、欺されていたなどと大仰《おおぎょう》に失望することはないのだ。はやばやと「いい人」だなんていったのが、間違いだった、それだけのことなのである。

『老兵は死なず』（エッセイ）

☘

友情というものは、相手のために身を削ることによって、深まるものだと私は思っている。こぎれいな言葉やスマートなつき合いの中では、本当の友情というものは育たないのではないだろうか。理解というものは腹を立てたり立てさせたりしながら深まるものだ。〝身を削る〟ことの大切さは、友情においてばかりでなく、恋愛でも結婚生活でも、人生を生きるうえで一番大切なことだと私は考えている。

『破れかぶれの幸福』（エッセイ）

♣

友情というものは、決して押しつけてはならぬものだ。場合によっては友情を抱いているゆえに、ただ遠くから友人の苦闘を見守っているだけのこともある。

人の目にはそれが冷ややかに映ろうとも、そのときはそうすることが大切なのだと洞察《どうさつ》する眼、相手にとって必要なものは何かということを見定めることが出来るまでには、友情も長い時間が必要なのかもしれない。

『朝雨　女のうでまくり』（エッセイ）

♣

確かに親切正直は美徳である。しかしそれを美徳だと思い込み過ぎると美徳ではなくなる。

♣

教師らしい教師――立派ではないか。
親爺《おやじ》らしい親爺――頼もしいではないか。
姑らしい姑――嫁サンの立場から考えるとチト困るが、はたから見ていると溜飲《りゅういん》が下る。

それぞれがそれぞれのらしさを放棄しはじめたときから混乱が生じた。

『風の行方（上）』（小説）

♣

経験によって人間の幅が出来て行く、と俗にいわれるが、それは何も難かしいことではなく、日常の中に転がっていることを見、感じることではないかと私は思う。私のような凡俗の女は諍《いさか》いや憎しみや苛《い》ら立ちを通して、やっと人間のあわれを知り、許し愛する心を育てて来たといえる。

必要な時だけの人とのつき合い、摩擦のないつき合い、苦しんだり、怒ったり、辛かったり、我慢したりすることのないすっきりと単純な生活の中で、どうして人間を

『坊主の花かんざし（一）』（エッセイ）

知ることが出来るだろう。人への理解を深めることが出来るだろう。人間のあわれを知らずに、どうして自分の幅を広げることが出来るだろう。

『愛子のおんな大学』(エッセイ)

☘

人はそれぞれ持って生れたものに従って、それを伸縮させながら人生を決めて行くものではないだろうか。

『愛子のおんな大学』(エッセイ)

☘

よい、悪いは何もいえない、たとえどんな結果が出ようとも、そこにあるものはことの評価ではなくて、その人間が「かく生きた」という、その厳然と悲しい事実だけではないのだろうか。

『愛子のおんな大学』(エッセイ)

☘

借金を仲介として私は色々な人間と交渉を持った。そうして〝人間に賭ける〟ということをやって来た。まず夫（正確にはその頃夫であった男）に賭け、これはみンごと外れた。借金の賭は勝ったが人間の賭は十人に九人の割で外れている。
私は人間というものに尽きせぬ興味と愛情を持っているので（それにしてはよく喧《けん》嘩《か》をするねとおっしゃるムキもあろうが）趣味、人間。気晴らし、人間。賭ごと、人間。ということになってしまう。

『愛子の日めくり総まくり』（エッセイ）

☘

悪を犯す善人、エゴイズムの善人、うそつきの善人、そしてまた正直な悪人、優しい悪人、可哀想な悪人がいて少しもふしぎではないのである。人はその内奥に予測し難い可能性を包蔵して生きているのだ。私が人間を怖ろしく思いながらも信じ、信じながらもこわいのはそのためである。

『女の学校』（エッセイ）

☘

人は日々の暮しの中で自分でも気がつかないところで、本当の姿、人間の愛らしさを表わしているものだ。その愛らしさに触れたとき、私の胸にはしみじみと人間に対する愛情が湧《わ》いて来る。愛想のいい人、礼儀正しい人、人からいい人だと褒められる人、そういう人とは気持よくつき合えるが、本当のところが見えそうで見えない。
そんな風に考えると、相手が粗暴だったり、意地悪だったり不機嫌だったりしても、気にすることは全くないのである。

『女の学校』（エッセイ）

♣

本当の心づかい、気くばりということは、相手が何を欲している人かを、まず見抜くことからはじめることだ。

『こんないき方もある』（エッセイ）

♣

優しさっていうのは、喧嘩しないとか、おとなしいというのとは違うのよ。相手の気持を忖度《そんたく》出来るっていうのは、優しさの第一の条件でしょう。

『今どきの娘ども』（エッセイ）

♣

他人に対する理解力や洞察力や、思いやりは、知識や勉強からでなく、苦しみの経験によって養われるものなのだ。

『こんな幸福もある』(エッセイ)

♣

常に相手の立場になって考えること、そうすれば怒ろうとしても怒れなくなるものです、と私はよく人から説教されて来た。まことに現代は「思いやり時代」で、いたずら盛りの子供の時から「思いやり」を教え込まれ、若い女性は「思いやりのある人」を理想の男性とし、立候補者は「思いやりのある政治」を約束し、若い男性は「思いやりのある夫」になりますと結婚式で決意を述べる。

しかし、あまり人のことを思いやってばかりいたために会社をつぶしてしまった人もいるし、思いやりのあるご亭主は奥さんに浮気ばかりされているという例もある。本当に人を思いやる人間は敗者に多いことも事実である。

一口に「思いやり」というけれど、そんな簡単なことではないのだ。思いやりを失わずに尚且《なおかつ》、怒るべきときは怒る。これがむつかしい。今の思いやり時代、へたに思いやってばかりいて、己れの主義主張を失ってしまう。どこで怒ればいいのかわからなくなる。人が怒るのを見てホッと安心して、そうか、やっぱりここで怒ってもよかったのネ、では、と改めて憤慨したりする。怒り選手を必要とするゆえんである。

『男の学校』（エッセイ）

♣

人生とは、己れのうちなる矛盾を生きることだとこの頃身に染みて思うようになった。魅力ある人とは、その矛盾を矛盾のまま、いつまでも内蔵している人だ。しかしたいていの人間は矛盾を生きることの辛さに耐えられなくて、矛盾を削り、整理し、わかり易くスッキリと筋を通して生きようとするのである。エゴイズムと優しさの相剋の中から、人間味が溢《あふ》れ出て来る。人に理解されるもよし、されぬもよし。そういう人に、私は憧《あこが》れる。

『女の学校』（エッセイ）

♣

ある一つのことに対して自信持ってる人っていうのは、わからないことはわからないって、率直にいってますよ。

『男の結び目』（エッセイ）

☘

私は「頭《ず》が高い」といって人から批難されることがある。講演で壇上に立ったときに、お辞儀が丁寧でないというのだ。それで仕方なく次の時に丁寧にお辞儀をしたら、マイクロホンに頭をぶつけ、異様な音響が会場に響きわたって満場の哄笑《こうしょう》を浴びた。

外国人の挨拶を見ていると私はいつも羨《うらや》ましく思う。握手というのは実に簡単で親しみがあっていい。一度すればおしまい、というのが私は好きである。

私がそんな意見を述べると、賛成した人がいた。彼は政界への進出を目論《もくろ》んでいる人だが、握手は肌と肌が触れ合い、そのぬくみを伝え合うことが出来るので、人の心を摑《つか》むのにはお辞儀の百ぺんよりもずっと効果がある。

「選挙運動の時など、よろしくお願いしますよといって手を握り、相手がご婦人の場合は、チョッと力をこめる。後家さんならば最後に手のひらをグイとひとヒネリしておくんです。アッハッハア」

ということであった。

日本人の挨拶は、握手にまでやっぱり手がこむんですなあ。

『坊主の花かんざし（三）』（エッセイ）

☘

「人は純粋という言葉に隠れて、どんなに人を傷つけているか、考えたことがあるか？」

純粋、親切、善良の自己満足の下で、他人を侵害している人は少なくないのである。

「いいですか？　『心配する』ことと『救おう』と考えることとはちがうんですよ。心配には愛情はあるけど、救おうと考えることには思い上りがある。優越感がある。優越感があるとしたら、それはもう友情ではないんですッ」

『娘と私の部屋』（エッセイ）

真のヤボテンが人間の美しさを残している

確かに人間は弱い存在である。私も弱い。弱いから私は強くなりたい。だから強いフリをする。強いフリをしているうちに、強い人間であると自他ともに錯覚するようになる。その錯覚の積重《つみかさね》によって、少しずつホンモノの強さに近づけるのではあるまいか。

覚悟というものは、口に出していっているうちに固まって行くものだ。大人物は口に出さずに覚悟を決める。しかし私のような弱者は口に出していい立てることによって、今更後には退けぬという気持になって覚悟が決って行く。

強がり、痩《や》せ我慢。

これが弱者が強くなって行く方法の一つであろうと私は考えている。

『男の学校』（エッセイ）

「あの人はおとなですからね」

という。

どんなおとなかと思うと妥協の中で生きている無気力な人間のことだ。しかし「あの人はおとなですからね」というとき、その人はそのことばを、ホメことばとして使っているのである。

ああ、もうおとなはたくさんである。まことの本質に目をふさぎ、現象の中で自足しているおとなはたくさんである。わたくしはヤボテンを愛する。

ヤボテンの恋、ヤボテンの怒り、ヤボテンの孤独に憧れる。真のヤボテンだけが人間の美しさを残しているのではないだろうか。

『こんないき方もある』（エッセイ）

♣

人間というものは相反するすべての要素を包蔵して存在している。環境によって普段は隠れているものが突然出て来ることもあれば、また引っ込んだりもするものである。

『こんな女もいる』（エッセイ）

☘

私は父の伝記小説を書いた。その中で私の四人の異母兄が揃《そろ》って不良少年になって父と母を苦しめたことを書いた。私が三十八歳頃のことである。私は子供の頃からずっと四人の兄を批判的に見ていた。兄たちは四人ともとても面白《おもしろ》い人で、異母妹の私を虐《いじ》めたりすることはなく可愛《かわい》がってくれたが、私の兄たちを見る目はいつも父母を苦しめる「困った人たち」という目だった。だから、小説の中でも「面白いが困った連中」としか書けなかった。

しかしこの頃、私はしきりに、あの頃に兄たちが耐えたであろうものを思うようになった。兄たちが耐えていると思わずに耐えていたものが見えるような気がしてきた。年をとるということのよさは、こういうことに目が向くことだ。そしてまた、そういうことに目が向くのは、私がもの書きとして生きつづけてきたおかげだと思う。

私にとってものを書くことは、人間をより理解するよすがである。何もわからずにものを書きはじめた私は、今、漸《ようや》く私にとっての書くことの意味がわかった。そうでなければ私は、四人の兄を父を苦しめた存在としてしか理解せずに死んでいっただろう。

『こんな老い方もある』（エッセイ）

人間は経験――しかもおおむね苦しい経験によって、ものごとの本質がわかって行くものだと私は考えています。

『こんな女もいる』(エッセイ)

♣

東京から知人が来たので、土産《みやげ》に漁師から貰《もら》ったカニを持たせた。一人暮しだから沢山はいらないわ、といって二匹持って行った。それを見ていた漁師が集落へ帰っていった。

「おどろいたな、東京の土産にカニ二匹持たせてやったよ!」

「なに、二匹ってか!」

ワハハ……と皆《みな》で笑った。

漁師たちなら、少くとも十匹は持たせるのである。一人暮しであろうと二人暮しであろうと、知ったこっちゃない。

「一人暮しだって隣近所にやればいい」

という。

隣近所といったって、アパートへ帰るのは寝る時だけ。隣の人がどんな人かもお互いに知らないのに、いきなり顔を出してカニをどうぞ、などといえば相手はびっくり、警戒心を起して、いったいなぜこのような高価なものを隣人がいきなり持って来たのか、何の下心だろう、金を借りられるのではないか、毒入りではないか、などと匂《か》いを嗅いだり日に透《す》かしてみたり、食べてよいのか悪いのか、親もとに相談の電話をかけたり、何かと煩《わずら》わすことになるのである。またおいしく食べれば食べたで、こんな高価なものをいただいて、何かお返ししなければ……とスーパーへカニの値段を調べに行って、家計簿と相談しながらお返しの品をあれこれと考える。――

だからカニの土産は二匹でいいのである。ケチだと笑われた私は面白くない。要するに東京の生活とはそういうものなのだ。

『日当りの椅子』（エッセイ）

☘

六十九年も生きてくると、全人生を見渡すという態度が身についてくる。若い時分は目の前のことしか考えないから、つまずきや苦難を悲しむ。私にもそんな歳月がいやというほどあった。しかし今、漸く全体が見渡せるようになってきた。こういう見方が若い頃に出来ていれば、と思うが、やはりこれは沢山生きなくてはわからぬことなのであろう。

『死ぬための生き方』（エッセイ）

♣

人の好き嫌いの殆どは、相性というものだと私は思っている。相性が悪いということは、感受性が違うということだ。多くの人に好かれる人は一般向きの感性の持ち主だともいえるのではないだろうか。個性が強い人は人から好かれる率は低いかもしれない。しかしだからといってその個性を殺して、人に好かれるように努力しなければならないというものでもないと私は思っている。好かれるためのとってつけたような努力をわざとらしく感じて疲れる人もいる。

「ありのままでいいんですよ。あなたの自然でいいんですよ。人生経験を大切にしていれば、自然に魅力がそなわってくるものですよ」

と私はいいたい。

『死ぬための生き方』（エッセイ）

♣

まず私が死んだら、雀躍《じゃくやく》して悪口をいう手合が陸続《りくぞく》と出て来るにちがいない。あの人もこの人も、と数え上げる。まずいうことが、「よく怒る人だった」「怖かった」「気が強い」「うるさがた」ということだろうが、これはあまりにありふれていて何ら新味がないから、いった人の無才を暴露するだけであろう。

少し好意的なのが「歯に衣《きぬ》きせずズバリいう」というやつだが、これも陳腐だ。好意的というよりは、悪口をいうことへの熱意が足りないと見てよいだろう。たまにいい人ぶるのがいて「でも正直な人でしたよ」などととりなす。だがこれをいい替えれば、我儘《わがまま》で抑制が利《き》かぬ人間、ということになり、

「しかしその正直さのために迷惑を蒙った人も少くないのである」

とつけ加える人が出てくる。世間にはすぐ怒る人間はみな権力好きであると決めたがるのが沢山いて、「権力志向の女だった」と決めつける。けちんぼう、という人もいるだろう。奇人変人、ヒステリイ、ヘソ曲り、自己顕示《ごんげ》欲の権化等々、小心者は小心者らしい悪口を、単純な人は単純な評価を、懐疑派はヒネリにヒネった批評を、そうして何も知らない人は知らないままに、

「――そういう人だったんだってよ」

といって信じる。

「文は人なり」というが「悪口は人なり」ともいえるのである。

『男と女のしあわせ関係』（エッセイ）

☘

道を訊《たず》ねられて教える時、「この人にはこういういい方でわかるだろうか」と考えながら教えることである。若い人に教えるのと老人に教えるのとでは教え方が違う筈《はず》だ。その老人が街を歩くのに馴《な》れている人か、そうでない人かも考える。つまり大事なのは想像力であり心配りである。

『戦いやまず日は西に』（エッセイ）

☘

世の中には〝身〟をむき出して生きている私のような人間もいるし、殼を十重《とえ》二十《はた》重《え》に固めて生きているエライ人もいる。殼と身が渾然《こんぜん》ひとつになって、ただありのまま、見えるがままに転がっているように生きている人こそ、まことの偉人といえるのである。

『男はたいへん』（小説）

［第三章］どこか間違っていないか！

――合理主義、快適便利思想が失ったもの

何もかも人のせいにしていないか

☘

今では知識と知性は別々のものになってしまった。知識はあるが知性にはなっていない。だから「インテリ無知」が生れ、「インテリ無恥」になってしまう。

『老兵は死なず』（エッセイ）

☘

現代に於《おい》て知識はいったい何に使われているのだろう?

その目的の第一はまず「金儲け」、「損得」である。そうして「便利快適な暮し」である。それ以外は何も考えない。考えなくても、それだけ考えていれば結構十分に暮して行ける。いやむしろ、そのこと以外に考えたり、感じたりしない方がよろしいのである。

『老兵は死なず』（エッセイ）

☘

殆《ほとん》どの庶民は、「知識」というものに対して素朴な信頼を抱いて来た。知識人だから恥かしいことはしないだろう、知識人だから悪いことは出来ないだろう……そう思って知識人を信頼するのである。知識は理性をはぐくみ育てるものだと信じていた。

だが今は知識は「単なる知識」でしかなくなったのである。それは血となり肉となってその人の中に溶け込んで人格を造って行くものではなく、その人の外側にべったり貼りついている人工皮膜のようなものになってしまった。

人を欺《だま》してはいけません。

人のものを盗んではいけません。

人の迷惑になるようなことをしてはいけません。

嘘をついてはいけません……。

そのような単純素朴な善悪を基準として人が生きていた頃の方がよかった。少なくともその方がわかり易かった。知識が「人の道」の基本を混乱させ、何がエラク、何がエラクナイかもわからなくなっている。

今は「有能な人」「業績を上げる人」が「エライ人」なのである。業績を上げるためには自分の誇りも捨てることの出来る人、それが現代の「エライ人」なのである。業績のためにスパイをしなければならないとなればスパイをする。人を陥れなければならなくなったとしたら、陥れる。捏造《ねつぞう》が必要とあれば捏造する。彼の知性がそれを拒むということはない。彼の「エライ人」としての誇りはその人格にあるのではなく、業績にあるのだから。

『老兵は死なず』（エッセイ）

♣

人の生死は潮の満干と関わりがあるといういい習《ならわし》は必ずしも本当ではないということだが、潮が満ちると共にひとつの命がこの世に生れ出るという考え方が私は好きである。

ひとつの命が女の胎内に宿り、二百八十日、羊水の中ではぐくまれて、ある誕生の時が来る。その日がいつ来るか、誰にもわからない。陣痛がはじまっても生れ出る時は夜になるのか昼か朝か、誰にもわからない。

そうして突然、赤子は呱呱《ここ》の声を上げてこの世に躍り出る。それはまさに「潮満ちて」という言葉にふさわしい神秘の一瞬ではないか。

「生れる時が来たら生れるんだから」

だから何も心配することはない、苛立《いらだ》つこともないと年老いた女たちは産婦にいったものだ。女たちは出産の経験によって、目に見えぬ大きな存在の意志を知り、人間の無力さを悟ったのではなかったか。

先日、帝王切開で赤子を産んだ人がいた。難産のためではなくて、今月中に産めば、くにの母親が手伝いに来られるので早く産んだという。来週は名医が学会で出張するので、早めに執刀《しっとう》してもらうという人がいる。これでは「産んだ」のではなく「出した」といった方がいい。

医学の進歩によって人間が人間の生死まで左右する力を得たらしい。だからといって調子にのるのは、人間の思い上りであることに気づくべきではないだろうか。

『男友だちの部屋』（エッセイ）

☘

この節のヤツは何でもかでも、ひとのせい。自分のことは棚に上げて、ひとに文句をつけることばっかり考えてる。試験に落第したのは問題の出し方が悪いからだ、と電車の中でいってるのがいたが、問題の出し方が悪いのなら、全員落第する筈《はず》じゃないか。「木に登って落ちて怪我をしたのは登りたくなるような枝ぶりの木があるのが悪く、痴漢にわるさをされたのは、わるさをしたくなるようなオッパイが悪い。酔っ払いがいるのは酒屋が悪く、食べ過ぎて下痢をしたのは、うまい料理を作ったヤツが悪い……」

ああ、日本はどうなる。今に何ひとつ悪心など持っていないのに、いつ責任を問われて文句をつけられるかわかったものじゃない、という時代になるだろう……。

母親は国の前途を憂いて歎《なげ》いているというのに、娘はケロリとして、

「そうなれば便利じゃない。ヨメの貰《もら》い手がないのは母親のせい、行儀の悪いのも母親が悪い、色気がないのも母親が悪い……これは便利でいいワ」

『娘と私のただ今のご意見』（エッセイ）

☘

子供の盗みは「親が悪い」とされた時代がある。簡単明瞭。どんないいわけも通らない。そのため親は世の中の人に申しわけないと恥じ入って、子供を厳しくしつけようとした。それが親のなすべきことだったのだ。

だがこの頃は、子供の不始末は親のせいではなく、「世の中のせい」になった。何でもかでも社会機構にその原因があるという風に解明すれば、親は責任逃れが出来るし、その方がもっともらしく聞こえるのである。

「今はみんなそうなのよ」

といって歎いていれば、それですむのだ。

「お前は怠け者だからダメだ」

そういって単純に怒ればすむことでも、

「今のような社会で、どうして発奮出来ようか、怠けたくなる気持もわからないでは

ない」

と分析して許容される。そういう風に考えることが「文化的」であり「インテリ風」であるという錯覚がある。

「今の若者は何でも人のせいにする」といって歎く言葉をよく聞くが、その風潮は若者が作ったのではない。信条を失ったおとなが分析癖にウキミをやつしたあげくにこうなった。人のせいにする若者の増加を阻止するためには、親たちがしたり顔の分析癖をやめることである。私はそう「分析」するが、いかがなものであろうか。

『女の学校』（エッセイ）

☘

なぜストリップが衰微してきたか？

答えは簡単だ。巷《ちまた》に女の肌が氾濫《はんらん》してきたからである。

かのクメ仙、デバの亀さん時代は、女の肌を見ることは、容易なわざではなかった。当時の女は深々と着物で身体を包み、わずかに襟あしとか、着物の裾にチラつくくるぶしやハギを垣間《かいま》見せるだけであったから、突風の吹く日など往来の男は裾押えて歩きあぐねる女たちを見てはヤンヤヤンヤと喜んだのである。そんな風であったからこそ、クメ仙は雲から落っこち、デバ亀は女湯のぞきにウキミをやつした。しかし当今では、いちいち雲から落ちていてはキリがない。白いハギどころか、フトモモ、ヘソの氾濫である。時代はものすごいスピードで過ぎていく。ミニスカートの机の下に鉛筆を転がす男など、もう古い。今や「見イチャッタ、見イチャッタ！」のたのしみは、男たちより奪い去られんとしている。見るまいと思っても、目の中にとびこんでくるフトモモ。このフトモモのインフレはクメ仙以来の男の伝統をどのように変えていくのであろうか？

『愛子の獅子奮迅』（エッセイ）

☘

もはや自分のいい分が正しいなどといえる時代ではなくなった。どっちが正しいという価値判断や主張が出来る時代ではなく、それぞれがその違いに耐えて生きなければならなくなってしまったのだ。怒りたいが怒っても相手に通じない。通じないとわかってはいるがしかしハラが立つ。ハラを立てながら無力感を覚えている。

『何がおかしい』（エッセイ）

☘

自分が与えられた苦痛は、与えた相手に文句をいうことによって解決する——。

それが当然の権利だと思っている人が増えてきた。だがその権利意識のために、平和でありながら生きにくい世の中になってきている。

文句をいわなければわからない社会常識の欠けた手合が増えていることは事実だが、うっかりしているとどんな文句がとんでくるかわからないという心配があることも事実である。

『死ぬための生き方』（エッセイ）

☘

文句、文句、今の世の中、あっちにもこっちにも文句が飛びはねている。学校の先生は生徒に怪我《けが》をさせたといって父母に文句をいわれ、事なかれ主義になっている。エッチな冗談の好きな課長は、セクハラだと女性社員に文句をいわれ、心を入れ替えて謹厳にしていると、今度は無愛想だ、いばっているといわれる。今や「快適に暮す権利」が社会人として当然持つべき我慢や寛容を押しのけてしまった。自分の平和を守るためには、他人の平和を無視してよいというのだろうか。

かくて気の弱い人は文句に怯《おび》え、気の強い人はいつも喧嘩《けんか》腰《ごし》。鈍感人間だけが文句もいわず、いわれても平気で、楽しく暮しているのである。

『死ぬための生き方』（エッセイ）

♣

「だってみんなしてるんだもの」

私はこの「みんながそうしてる」というやつがダイのダイのダイキライである。私の娘は文句をいわれるとすぐ、「みんなもしてる」「××さんもしてる」という。私はこの言葉を聞くと、

「わからずやのガンコ頭のこのトンチキ母親め！」

といわれるよりもアタマにくる。

『娘と私の時間』（エッセイ）

♣

ああいってはいかん、こういってはいかんと、まったくうるさい世の中になってきた。

「ママの子供のころ、近所のおじいさんが俄《にわか》ツンボになってねぇ」

と話しはじめると、娘、

「ツンボだなんて、いってはいけないのよ、ママ」

「何？　俄ツンボがいけない？　ならなんというの。『俄聞こえぬ人』というの？」

娘はへんに偉そうな顔になって、

「肉体の欠陥を指摘するサベツ用語を使ってはいけないのよ」

「サベツ用語？　何がサベツですッ！　そういう言葉に拘《こだわ》ること、そのことがサベツ意識ではないのかッ！」

「私に怒ってもしようがない。先生がいったんだもん。無神経な言葉で人を傷つけてはいけないって……」

またここで、「傷つける」という言葉が出てきた。

「人の言葉にいちいち傷つくほど、現代人の精神は弱いのかッ！　傷つける人間に文句をいう前に、むやみに傷つかぬ強靭《きょうじん》な精神を育てるほうに目を向けるべきではないのかッ！」

「ちょっと、ママ、お話中だけど私、宿題が……」

娘は蒼惶《そうこう》と逃げていった。仕方なくちょうど居合せた呉服屋に身体の向きを変え、

「人間にとって大切なもの、それが現代は見失われつつありますッ！　それは何か！　それは抵抗に堪え、のりこえようとする意志力ですッ」

「へえ……ごもっともで」

「いったい、言葉を直せば、現実が直るんですかッ！」

「な、直りません――」

「直らんでしょう。言葉を直しても現実は存在する！　ならばだ、何ゆえその現実をしっかと背負って、力いっぱい生きようとしないのですッ！　力いっぱい生きさせようとしないのですッ！　呼称みたいなものにこだわって、何で力が出るかッ！」

「へえ――」

「へえじゃないッ！　うわっ面ばかり撫でさする綺麗《きれい》ごとのエセヒューマニズム！そんなものに溺《おぼ》れていると、人間はみなフヌケになりますよッ」

「へえ、すんまへん――」

呉服屋はいった。

『坊主の花かんざし（二）』（エッセイ）

☘

日本が豊かになったための悲劇、義理人情が捨て去られたための悲劇、合理主義に蔽《おお》われた社会に暮らす悲劇がある。

人間に情念がある限り、人間が人間でありつづける限り、悲劇はつづく。執着や嫉《しっ》妬《と》や欲望や野心だけが悲劇を産むのではない。理想や夢も悲劇のもとだ。人間に愛がある限り悲劇は生まれつづけるだろう。

『戦いやまず日は西に』（エッセイ）

たしなみはどこへ行ったのか

☘

昔は心にない優しさを、形式によってカバーした。優しさ優しさと簡単にいうが、それは人間への理解力、洞察、推察の力によって培《つちか》われるものであるから、そう簡単に持てるものではない。だから、おそらく昔の人は、他人への気配りの形式を教え、その形式に従うことで、優しさの代わりにすることを考えたのであろう。

『上機嫌の本』（エッセイ）

☘

今は危険を冒して悪に立ち向う人間は勇者ではなく、ハタ迷惑な「蛮勇」の持主として否定されるのである。

実に現代は策略の時代なのだ。人間は勇気をもって生きるのではなく、策略をもって生きる。悪と戦うのではなく、ソンを防ぐ策を講じて悪から身を守る。そんなことでは勇気が磨滅して行くのも当然である。ああ、勇気や誇《ほこ》りという言葉は、貞節や愛国という言葉と同じく、もはや死語になりつつあるのか！

『男と女のしあわせ関係』（エッセイ）

♣

原始人もしてきた「頭を使う」ということを、しない人がどうやらこの頃は増えてきているらしい。

その「頭の動かなさ」に対して私はただ驚く。頭が動かないのは、錆《さ》びついてしまったために動かないのか、動かす気がなくなっているのか、私にはわからない。

『気くばりのすすめ』という本がベストセラーになったのは何年前のことだろう。その頃は気くばりの必要を感じているのだが、どんなことが気くばりなのかよくわからない、という若い人たちがいて、それを教わりたくて、だからベストセラーになったのである。

今、問題になっているのは気くばり以前のことだ。しかもその当人たちはそれに気づかず、気づいたとしても、べつにどうしたい、どうしようとも思わない。

『死ぬための生き方』（エッセイ）

♣

今は笑いに知性がなくなった。笑いの格調が崩れて、笑いも冗談半分の笑いになっている。どこに本音があるのか、どこまでが冗談なのか。冗談が生活の中に喰《く》い込んで来て、ジョーダン、ジョーダンで笑ってことがすんで行く。笑ってことをすませなければ仲間に入れてもらえないから、おかしくなくてもわーッと笑う。

ジョークはもはや「ゆとり」ではなくなった。今ではそれは生きるための身ごなしなのである。だから私には少しも笑えない。

『何がおかしい』（エッセイ）

☘

あらゆるところで時間が短縮されたが、短縮されたことによって人間は、ゆとりを持てたかというとその反対で、いっそう忙しくあくせくして生きているのはどういうわけなのか？　我々をあくせくさせているものは何なのか？　現代人はレジャーを楽しむことにさえアクセクしている。シーズンに応じて海や山へ出かけて行くあの大群衆を見ていると、楽しみそのものが義務化しているのではないか、という感じさえしてくる。

ただ、ぼんやり好きだからそれをやる、楽しいからやる、というのではなくて、夏だから海へ行かねばならぬ、冬にはスキーに行かねばならぬ、なぜなら我らは働くために生きているのではなく、人生を楽しまねばならぬのだ、それが一人前の人間の生き方なのだ……といったような意識が、人々を性急《せっかち》にし、世の中をますます忙しく、繁雑にしている。

『愛子の獅子奮迅』（エッセイ）

♣

とにもかくにも現代人は目的地へと急ぐ。それが今の旅である。たとえ行楽の旅であってもとにかく早く目的地に着こうとする。旅の楽しさは、「遠く」（この遠くは必ずしも距離のことではない）へ行く、という感覚の上に成り立つものであったはずだ。野の風に吹かれたり、駅弁を買い損ねたり……そうした無駄の集積がかつての旅の面白みというものではなかったのだろうか。

そうした意味で旅というものほど非文明的なものはないのだ。現代人には文明は時間を短縮し、労力を節約し、それによって人間の生活を豊かにしているという思い込みがある。だが便利さというものは、本当は人の心を貧しく鈍感にして行っているのではないだろうか。

そんなに急ぐ必要はないのに、なぜ、人々は急ぐのか？　私にはその理由がわからない。

♣

私はパーティに行くとどうも落着きが悪い。私は酒のグラスを片手に持って、にこやかに談笑したりするのがどうもうまく行かないのだ。酒を飲むばかりでなく料理も食べたい。しかし酒のグラスを左手に料理の皿を右手に持っていては何も食べることが出来ないのである。

そこで料理を食べる間、グラスをテーブルの端に置いておくと、いつの間にやら片づけられてなくなってしまっているのである。つい、

「わたしのお酒、わたしのお酒！」

とキョロキョロする。と傍の人、

「いいじゃないですか、新しいのを貰えば。おい、キミ」

とボーイを呼んで新しい酒を渡してくれる。しかし私はさっきの、飲みかけの、あの酒がほしいのだ。執着心が強いわけではないが、私は勿体ないのである。私の飲みかけの酒は、半分以上も残っていたのだ。それを誰かが片づけてしまった。誰かが間違って飲んだのならいい。捨ててしまったのだとしたら私は勿体なくて胸がいっぱいになるのである。

仕方なく私は新しい酒を飲む。そのためには料理の皿をテーブルに置かねばならぬ。その皿を誰かが片づけてしまわぬよう、監視していなければならない。そんなとき、声をかけて来る人がいる。つい皿から眼を離して挨拶を返す。二言三言話すうちに料理の皿はかき消える。

「あっ！　わたしのお皿、わたしのお皿！」

と、傍の人、

「いいじゃないですか。沢山ありますよ、料理は」

沢山あることはわかっている。沢山あることはわかっているからといって、一皿を無駄にしていいのか！

私の胸は勿体なさでいっぱいになる。すべては立食というこの形式がいけないのである。ここでは食物に対して誰もが傲慢《ごうまん》になっている。ふだんご馳走を食べ馴れていない者まで傲慢になっている。

「フン」という感じで食物をあつかっている。

『坊主の花かんざし（一）』（エッセイ）

☘

女性の「音消し」は遠慮して下さい、と新聞に出ていた。

「音消し」とは放尿の際の音をごま化すためにトイレの流し水を流すことだそうで、つまり放尿中と放尿後と、水を二度流すことになるから、一度のオシッコに大量の水を要することになる。しかしそれは「女のたしなみ」であるから咎《とが》めだてしてはいけないのだそうである。

「女のたしなみ」なんてクソくらえ、といいたげな女が増える一方の当今ではないか。素人の人妻が雑誌に自分のヌード写真を公表し、「若い日の記念にと思って」などと平気でいっているかと思えば、浮気相手との情事の一部始終をこと細かに記した手記を発表して、賞金を貰って喜んでいる。こっちの「たしなみ」はどうなっているのかと私は訊《き》きたい。

街へ出ると、オシッコの音ばかり消したってしようがないじゃないか、といいたいような女がウヨウヨしている。便所の中で音消しした後、洗面台のところで鏡に喰いつかんばかりに顔つき出して化粧直しをする。それはいいがその後、使った水があたり一面に飛び散り、手入れした髪の抜毛がべったりへばりつき、丸めたティッシュの濡れてグチャグチャになったやつがほうり出してあったりする。

音消しでタンクの水を半分使ったために、肝腎の時に水が足りず、使用後の痕跡《こんせき》が無惨、そのままになっているのがいる。それほどたしなみを考えるのなら、タンクに水が満ちてくるまで待っていて、綺麗《きれい》に流してから出てくるべきではないか。猫でも排泄《はいせつ》後は砂をかけるものを、なにが「女のたしなみ」だ。

本来、便所とは排泄の場所である。ここで弁当を食ったり、歌を歌ったりはしない。排泄の場所として存在しているからには、排泄に伴ういかなるもの音も許される筈《はず》だ。心ゆくまで音を立ててもよろしいのである。

『憤怒のぬかるみ』(エッセイ)

☘

このごろ、人と会ったり電話で話したりするたびに感じることだが、「どうも」という言葉が実にはんらんしている。

「ありがとうございます」も「どうも」なら、「こんにちわ」も「どうも」である。「さよなら」も「相すみません」も「ごちそうさま」も「失礼しました」もすべて「どうも」の一言で通用してしまう。ご用聞きなども「どうも」ではいってきて「どうも」で出て行く。家事手伝いの少女なども、月給をもらったときも来客からみやげものをもらったときも、茶わんを割ったときも等しく「どうも」で終りである。

私はかねてからこの「どうも」のはびこりに抵抗感を持っていたのだが、日一日と生活が忙しくなり、人との交渉が多くなってくるにつれて、いつのまにやらしきりと「どうも」を使っている自分に気がついた。どうもという言葉はちょうど、水煮のカンヅメのように便利な言葉である。味はまずいが手軽に何にでも使える。その手軽さが忙しい現代にはぴったりしているのだ。

しかし、この「どうも」は流行語ではない。流行語よりも始末が悪いと思うのは、流行語はあるていど飽和点に達して新しい言葉が現われると花が散るように消え去って行くが「どうも」というのは言葉のあそびではなくて実用面での便利さの点ではびこっていったものだからである。そのため「どうも」よりももっと便利な言葉が見つからない限りは消えて行くことはまずないのではないかと思う。

この調子でいくと、やがて若い人たちから正確な表現力が失われていくのではないかという気がする。そして正確な表現力が失われていくということは、表現力だけの問題ではなくて、ものごとに対する正しい感情、正しい反応が失われていくということになりはしないだろうか？　たとえば感謝する心、自分が悪かったと思う心、尊敬の心などである。あいまいな言葉はその心情まであいまいにしてしまいはしないだろうか？

それとも現代には感謝や敬意がもうなくなりつつあるから、そのために「どうも」がはびこるのだろうか？

『おしゃれ失格』（エッセイ）

♣

「いつまでも美しく、若々しく!」中年女性を励ます会のこのスローガンに感激した女性がいる。

「いつまでも美しく、若々しくあるためには老いの意識を持つのが一番いけません。自分は老いたと思うときから老いは始まるのです」

そういえばそうかもしれないが、人目には老いが見えているのに、自分では老いたと思わないのも、これまたハタ迷惑なことではないだろうか。

「息子がねえ、このごろ一緒に歩くのをいやがるんですよ。親子に見えないから恥ずかしいんですって」

息子の方に聞いてみると親子に見えないから恥ずかしいのではなく、親だと思われると恥ずかしいのだという。

「いつまでも美しく、若々しくあるためには老いの意識を持つのが一番いけません!」

彼女がいけないのではない。このスローガンがいけないのである。

『愛子の日めくり総まくり』(エッセイ)

三十代には三十代の若々しさがあり、四十代には四十代の若々しさがある。五十代が三十に見えるというような若々しさよりも、五十代なりの若々しさを保っているという人が私は好ましい。年よりも若く見えるということは、それほど価値のある若さではないと私は思う。〃年相応《そうおう》の若々しさ〃というものが、本当の女の魅力だ。ということは、五十歳なりの賢さと心のハリが姿形に現れているということである。ハリつけ細工の若さが必ずしも美しくないのは、それが賢さ（その年代として持っているべき智恵）と均衡《きんこう》が取れていないためではないだろうか。

私たちは朝夕鏡を見る。鏡を見て自分を知ったつもりでいる。だが私たちが本当に見なければならないのは自分の後ろ姿なのである。

『愛子のおんな大学』（エッセイ）

☘

女の人とつき合って困ることは私の方はシツレイと思わないことを相手はシツレイと思い、相手がシツレイと思わないことを私はシツレイと思う。その喰《く》いちがいである。

かつて私は破産して貧乏のどん底に沈んでいた時期がある。その時、友達が来たので私はいった。

「うちは今、貧乏のどん底なのよ。生れてはじめてよ。こんな貧乏」

するとと友達はいった。

「まさか！　ウソでしょう」

「ウソじゃないわ。主人の会社、倒産したんだもの」

「冗談ばっかり」

「さっきあなたが表ですれ違った人、あの人も借金とりよ」

「またまた、そんなこといって……」

「ホントだといったらホントだッ！　なぜ、私の貧乏を信じないのかッ！」

と私は相手の胸ぐらを摑《つか》んで、

「わかりました、わかりました、佐藤さんあなたは貧乏です！」

と相手が謝り認めるまで、しめ上げてやりたくなった。

これも親友にいわせると、人の不幸や恥をやすやすと信じては相手に対してシツレイだと思って、その人はわざと信じないフリをしたのだそうである。その証拠に彼女は方々へ電話をかけて、

「佐藤さんのところたいへんよッ、破産してその日暮し。今にご主人と離婚するんじ

やないかしら……」

と私のいわないことまでつけ加えていたそうである。蔭で信じしゃべる分にはシツレイではない。これが世の常識だとか。

しかし私の方は貧乏というものを、人に隠さねばならぬような恥や不幸とは思っていないから、私の話を頑強《がんきょう》に信じないことをシツレイだと思う。それで、

「もうあんな面倒くさいやつとはつき合わん！」

ということになるのだ。私はよろず、面倒くさいことは性に合わない。しかし世の中の大半の女性は、この面倒くさいことにウキミをやつしているように私には思われるのである。

『坊主の花かんざし（三）』（エッセイ）

☘

仕事の性質上、私の家にはよく電話がかかってくるが、家の者がいうには私の電話の応答は、相手が女性の場合はひどく愛想が悪いそうである。

といっても私が男好きであるということではない。私は女の電話がニガテなのである。

どういうわけか女性の電話は、要領がすこぶる悪いのと、要領はいいが機械がしゃ

べっているようなのとの二つに大別されるようである。私の経験では前者は中年女性に多く、後者は二十歳代の女性に多い。そして前者は私をイライラさせ、後者はムカムカさせるのである。

『丸裸のおはなし』（エッセイ）

♣

自分が今、女としての、どのへんの位置に存在しているか、それを正しく認識するのが女のたしなみというものであろう。若すぎてもいけないし、老けすぎてもいけない。

『こんないき方もある』（エッセイ）

［第四章］わが結婚のすすめ、離婚の美学

——失敗しても体験した方がいい

たとえ失敗しても、一度は結婚した方がいい

♣

どんなボンクラでもいいから、亭主いた方がええ。

『男の結び目』（エッセイ）

♣

女は独身でいるよりは、たとえ失敗しても結婚した方がよい。忍耐だけで成立っている結婚生活をしているよりは、別れた方がよい。別れて一人で無理な頑張りようをしているよりは再婚した方がよい。ものごとに〈こりた〉などという考えはよくない考えである。自分はこうだからダメだときめてしまう考え方も、よくない考えである。

『三十点の女房』（エッセイ）

♣

男の出来不出来で女の幸不幸が決ってしまう人生なんてつまらない。自分が力さえ

持てば、男の出来とは関係なく、幸福を追求出来るのである。結婚にしか女の倖《しあわ》せがないと考えるところから、女の悲劇は始まるのだ。

『今どきの娘ども』（エッセイ）

♣

ある男が述懐して曰く、

嫌いだ、ニクいと思っている女房と、会社の帰りに道でひょっこり出会った。女房は買い物籠《かご》を下げ、その籠から大根のハッパと葱《ねぎ》が出ている。

オレが嫌っていることも知らず、こうして夕餉《ゆうげ》の買い物をしているのか！

そう思うというにいえない哀れがこみあげて来て、別れたいと思いながら、つい十年過ぎてしまった、と。

「男というもんはどうしようもないシロモノねエ」

と常々思うことの多い私だが、こういう話を聞くとちょっと感動する。かえりみて女はどうか。

嫌いだニクいと思っている亭主と道でひょっこり出会った。亭主は古鞄《ふるかばん》を下げ、くたびれて黄色い顔をしてニコニコと手を上げた。

私が嫌ってることも知らず、なんて鈍感なあの顔！

とますますイヤになる。これ男と女のチガイね。

『愛子の新・女の格言』（エッセイ）

♣

夫婦の間いうもんは、我慢した方が負けやとわたし、思《おも》てます。世間さまとのつき合いはそら我慢が大事やと思いますけど、夫婦の間で我慢したら向うがつけ上るだけですがな。まあ、我慢してくれてると思て感謝して裏切りをやめる男なんて、この世にはいませんやろ。女房が我慢してるとそれを当り前にして、ええ気になってなんぼでも我慢させるんですがな。我慢してる者《もん》の気持がわかったら面倒くそうなるさかい、わからんように、わからんように、横向いてるのが亭主というもんやとわたしは思てます。

『結構なファミリー』（小説）

♣

旦那さんが疲れはてて帰って来る。

「あ、今日は疲れてるらしいわ。きっと会社でいやなことがあったのね、そう思って、そんな時は根掘り葉掘り聞かずにソッとしといてあげるの……」

良妻であるべく志向しているさる賢い奥さんがそういった。

「でもね」

ともう一人の良妻たらんとしている奥さんがいった。

「家庭にいる妻には、外で働いている男性の辛さがわからないでしょう。でも、わからないですませてしまわずに、やはりわかるべきじゃないかしら？　夫が会社でどんな仕事をし、どんなところで心を砕き、辛い思いをしているか、私はある程度、知りたいと思うのよ。そうして慰め励ましたいと思うのよ」

女が良妻たらんと意志するのは、夫にイリュージョンを抱いているからではあるまいか。夫は一心不乱に仕事ととり組み、ものわかりの悪い上役（あるいは無能な部下）に悩み、正当な評価を受けていない不満に悩んでいる――夫が打ち萎《しお》れて帰って来たのを見て、

「今日もお仕事、うまく行かなかったのね」

と妻は思う。夫が打ち萎れている原因は、会社で「ウスラハゲ」と渾名されていたことを知ったためであった、などとは妻は夢にも思わぬ。

それゆえ、世の夫は救われているのである。

『丸裸のおはなし』（エッセイ）

☘

いかに自分が悪妻であるかとか、そうじをいかに怠っているかとか、亭主をいかに冷遇しているかということがみえになってきている。これはやっぱり現代の特徴でしょう。むつかしくいえば、価値観の根本的な革命ですよ。

『男の結び目』(エッセイ)

♣

ある女性が来て、こんな話をした。

女が何人か集まっておしゃべりをすると、必ず出る話題が、姑の悪口であったのは三十年ほど前の頃のことである。

それから十年ほど経つと姑の悪口が亭主の悪口になった。そうして更に十年経つと娘、息子の悪口になった。それから娘、息子の結婚の話題に賑《にぎ》わう時期があって、それが過ぎると嫁かた(あるいは婿側)の親の悪口、それから愈々《いよいよ》嫁、婿の悪口の時代に入る。

それらの悪口のほか、子供の学校の教師の悪口、近所の奥さんの悪口、亭主の友達の悪口、その友達の奥さんの悪口といった具合に、際限なく悪口は増えていく。女の一生から悪口を取ったらカラッポになるのではないでしょうか、とその人はいった。

では女が悪口をいっている間、男は何をしているのか。男は悪口はいわない代わり、悪口をいわれるようなことを次々にしているのです、ということであった。

『愛子の日めくり総まくり』（エッセイ）

♣

考えてみれば、ヤギちゃん（モト亭主）もいい男だったなアとしみじみ思うことがある。

しみじみ思うというこのキモチ、これはなかなか悪くない。別れた夫を不倶戴天《ふぐたいてん》の仇かなんぞのように思うよりも、色々あったがいい男だったねエ、と思う方がなんぼかよろしい。

もし私たちが別れなかったならば、私はヤギちゃんの美点を忘れ、欠点ばかりいい立てて、習慣化した夫婦喧嘩《げんか》に明け暮れ、フケ頭に向って固くなったお餅《もち》を投げつけたり、雑巾バケツの水をぶっかけたりして今尚《なお》忙しいことだろう。

今は私は平穏になり、ヤギちゃんも平和を得、お互いになごやかである。夫から男友達に変ったことは本当によかった。めでたしめでたし。

『男友だちの部屋』（エッセイ）

♣

猜疑、妄想、嫉妬《しっと》、そして喧嘩……。

ああなんという感情の浪費。そんなものに煩わされるよりは、寂しくとも雄々しく独《ひと》り身《み》を通している方がどんなにかスッキリしているわ、と独身主義者はいう。そしてテキトウに浮気をしていればいいのよ。決して心が乱されることがないような浮気をね！　と。

しかし長い人生、愛したり愛されたり、苦しんだり苦しめたり、猜疑したり嫉妬したり、いい争ったり、仲直りしたり、という感情の波立ちがなかったら、退屈してしまうのではないか？

「ことなくスッキリ」ということは、一見得難い価値のようだけれども、人生はマラソン大会とは違うのである。

「いい大会でしたねえ。事故もなく、スッキリと始まってスッキリ終りました。みんな、よく走って……」

では一向に面白くないのである。

仕事の邪魔になるものは一切排除して、スッキリ生活がしたいという気持はよくわかるが、そのために人間性までスッキリしてしまっては取りつくしまがなくなる。スッキリしすぎて、人の苦しみも悩みもわからない人間は（自分はよくても）、ハタ迷惑だ。

経験というものは少ないよりも多い方がいい。そしてその経験は楽しいものばかりでなく、辛《つら》い経験、苦しい経験も含まれている方がいい。そう思っている私は、だから一生独身を通すより愛人関係を持つ方がよく、愛人関係よりも更に繁雑さと闘わなければならぬことの多い結婚生活を一度は体験することを勧めるのである。

『死ぬための生き方』（エッセイ）

☘

完全無欠の理想の夫など世の中には金輪際《こんりんざい》いはしないのだ。隣の旦那さんのことは一部分しか見えないが、わが夫は全体が見える。悪い部分もいい部分も見える。悪い部分の裏側は、ある面からはいい部分かもしれず、いい部分の裏側は悪い面かもしれない。現実というものはそういう形をもっていて、人間はその総和を生きているので、そう考えれば人間の比較ほど無意味なことはないのである。

『こんないき方もある』（エッセイ）

☘

夫婦は一心同体ではない。別モノ二個の人格が寄って、一つの個性ある家庭を作って行くものだと私は思う。若い女性はまずそのこと（夫婦は一心同体にならなくてはならないものではないということ）を認識した方がよいのではないだろうか？　その認識を身につけることによって、自分だけで掲げている理想を絶対的なもの、動かすべからざるものだと思いきめる考えを捨てることだ。結婚生活で大切なことは、太陽のように彼方《かなた》に掲げた輝く理想に向かって、高らかにラッパを鳴らし、邪魔モノと戦いつつ、ひたすら猛進することではなく、夫婦が互いに均衡《きんこう》をとりながら、ある時は妥協し、ある時は方向を変え、丁度、慢性の病気を克服して行くように、少しずつ理想への足もとを踏み固めて行くことだと思う。

『こんないき方もある』（エッセイ）

♣

絶望する前に、ひとつこんなことを考えてみてはどうだろう。あなたのかかげた理想は立派な理想ではあるけれども、その理想の中でどこか一部、妥協出来る部分はないものか？　ということだ。あなたの理想の中には趣味的なものがまじっていはしないだろうか、現実というものをまだ本当に知らない娘時代の生活の狭さが入っていはしないか？　たとえば、他人に煩わされない生活にあなたは理想をおくが、夫の方は大いに友人と親しむ生活を好んでいる。この場合、あなたが妥協するか、それとも夫の好みをあなたの理想の方へねじ向けさせるか、あなたはそのどちらかを選ばなければならないこととなる。そのとき、あなたはどうするだろうか？「他人に煩《わずら》わされない生活」というものが、果してどれだけ大切なものか、それは夫の楽しみを取り上げてまで、うち立てねばならぬものかということについて、あなたはもう一度よく考え直さねばならなくなる。

『こんないき方もある』（エッセイ）

♣

家庭の幸福というものは、かならずしも良妻と良夫によって作られたものばかりではありません。ぶん殴《なぐ》り合いをしながら作っていく幸福というものだってあるのです。

『三十点の女房』（エッセイ）

♣

朝に夕に夫婦ゲンカをしながら長つづきしている夫婦をふしぎがる人がいるが、この夫婦はもしかしたらケンカをすることによって、相性を作り出している夫婦なのかもしれないのである。

『おしゃれ失格』（エッセイ）

「人間の倖せというものは、年老いてからの生き方で決るものです。若い頃——血気さかんな頃はやれ幸福だ不幸だといったって、たいしたものじゃありませんよ。幸福だと思ってもそのうちいつか消えて行く幸福だったりね、不幸だったとしても撥ね返せる不幸だったりね。たえず流動しているんですよ。しかし年老いてからはもう撥ね返せない。撥ね返すエネルギーもなくなっているし、第一時間が限られている。だから、その時こそ、倖せを大事に育て守らなければならんのですよ。夫婦というものはその時のためにある、私はそう考えています。エネルギーも時間もなくなった時こそ、いたわり合い、慰め励まし、築いて来たささやかな幸福を二人して守るんです……そう思われませんか？　奥さん……」

『花は六十』（小説）

☘

主婦は孤独と自由に憧《あこが》れながら、その背中に家を背負っているかたつむりのようなものだ。それを重いといい、苦痛だといいながら、背負っていることによって安定している。

♣

家庭というものは、人間の持っている唯一の自然な場所である。一見、不自然に見えるようなことでも、それぞれの家庭での自然な交流というものがある。べつに子供の日だから、母の日だからなどといってさわぐ必要もない。十年選手の夫婦たちが子供を媒体とすることによって安定を保っているからといって、ことさら、夫婦愛が堕落したなどと、力んで嘆くこともないのである。

『破れかぶれの幸福』（エッセイ）

『三十点の女房』（エッセイ）

♣

理想は大いに持つべきものであるし、高ければ高いほどよい。そうしてその理想が結婚の現実の中でもろもろの抵抗にぶつかり、砕けかかっては、またその場所から新しく、ますます強く高い形となって伸びて行くのがよい。何度も何度も、失望や後悔や怒りや迷いなどの洗礼を受け、それによって更によりよき形となって行くのがよい。理想の本当の形とはそういうものではないだろうか？

『こんないき方もある』（エッセイ）

離婚には美学がある

♣

離婚適齢期という言葉があるそうで、それについてどう思うかと訊《き》かれた。結婚適齢期というのは知っているが、離婚に適齢期があるとは知らなかった。何でも子供が中学校へ上って手が離れ、夫は仕事一途で妻を顧みない、心も身体もエネルギーに満ちていて、まだこれからひと花咲かせる可能性は十分ある。「離婚するのなら今このの時」という年代、つまり三十代後半が離婚適齢期であるという。

「これは女性の自立心が愈々《いよいよ》開花して来たということでしょうね。離婚しても一人で生きて行けるという自信を女が持てるようになったということは素晴しいことです！」

と喜んでいる人（勿論女性）がいたが、自立心を持っている女性が、「夫が顧みてくれない」ことを不服とするなんて、何だかおかしかないか？

「どこが自立してる！」

と私などはいいたくなる。

♣

夫婦げんかの邪道は、自分の正しさを相手に押しつけようとするけんかである。人間の正しさというものは、それぞれの立場や生き方によって、それぞれの形があるものであるから、女房にとっての正しさが必ずしもご亭主の正しさになるとは限らない。だから自分の正しさが絶対無二のものであると考えて、それを通すためにけんかをしては爽快なけんかは出来ないのである。

『男と女のしあわせ関係』（エッセイ）

そもそも夫婦げんかというものは、勝負をつけようとするものではなくて、感情の抑圧を発散させるものだ。勝つも負けるもない。ただ怒りが（口惜しさが、悲しさが、いらだちが）発散し解消すればよいのだ。

『三十点の女房』（エッセイ）

♣

私の友人で、夫が浮気をしていると思い決めては、始終騒ぎまわる人がいた。あんまり騒ぐので私は腹を立てていった。

「心配しなくても、あなたの旦那さんは何もしてないわよ。いったいあの人が女にモテると思ってるの！」

　すると数日して、彼女から電話がかかって来た。


「やっぱり女はいたのよ！　年は二十三、銀座の一流クラブのホステスで、小柄で丸ポチャの色っぽい女なのよ！」

　彼女の声は勝利者のように受話器の中に響いた。

「うちの主人はその女を課長と争って勝ったんだって！」

　私はつい「それはおめでとう」といいかけて危うく止まった。

　妻心というものは、かくも有難いものなのである。男よ、以て瞑《めい》すべし。

『坊主の花かんざし（二）』（エッセイ）

♣

　夫の浮気というものは、見破ろうとしなくても、直感的に見えてしまうものである。それが女というものなのだ。私はそう思う。それが見えぬ女は、女としての条件を欠いているといってもいい。

　我々女は、夫の浮気を見破るために苦労するのではなく、夫の浮気を見て見ぬふりをするために苦労するべきではないだろうか？

『丸裸のおはなし』（エッセイ）

彼女は克明に夫の日記を点検し、ポケット、財布、手帳を調べ、不審の電話に注意を払い、ハンカチ、ワイシャツ、パンツに到るまで不審の汚れはないかと眼を配ったのである。

♣

約十年間、彼女は浮気の痕跡《こんせき》を探しつづけた。当然、彼女はその道にかけては名ベテランとなった。十年の間に彼女が発見した夫の浮気は、両の手の指だけでは数えることが出来ぬという。

しかし超ベテランの浮気発見師となったからといって、彼女の夫の浮気がやんだわけではない。A子が探る、夫が隠す、ここに追いつ追われつの一大攻防戦が展開され、超ベテランのA子の浮気追及に対してA子の夫はいつか超ベテランの浮気師となった。まことに好敵手はその攻防のうちに互いに切磋琢磨してその実力を高めたのである。

A子さんの話はそれだけである。それ以上に何もない。果しなき攻防戦がどちらかのエネルギーが枯渇《こかつ》するまでつづくのであろう。この話には夫の浮気を見破ることは無意味なことであるという訓《おし》えが含まれている。

『丸裸のおはなし』（エッセイ）

♣

世の中には浮気を放置したために本気に進んで行った人もいれば、浮気を阻止しようとして騒ぎ立てたために、却って本気になって行ったという人もいる。人さまざま、浮気いろいろなのである。ヤキモチやいてほしい亭主もいれば、女房がしゃべるだけでうるさいと思う男もいる。

人は結果を見て、ああしたのがいかんかった、こうすればよかったなどともっともらしくいうが、そんなことは野球見物のあとで批評をいうのと同じことなのである。

世の妻は夫の浮気に対して、静かに座し、眼を半眼にして夜半の嵐でも聞くようなつもりでそれが通りすぎるのを待つ——それこそ理想の妻の姿であると私は思う。浮気浮気と目の色変えなさるな。長い人生、一度や二度は夫に欺《だま》されてもいいではないですか。

『丸裸のおはなし』（エッセイ）

♣

私はやきもちをやいている奥さんを見るとマコトの女がここにいると思う。やきもちとは全く不合理なものだ。その不合理に身を投じているときの女はかなしく、いとしいマコトの女なのである。

『こんないき方もある』（エッセイ）

♣

男はヤキモチを女の悪徳の第一に置いているようだが、女からヤキモチがなくなったら、この世はどんなに無味乾燥なものになることか。

「どうせ、あんなケチの、チンチクリンのあかんたれ、浮気してくれる相手もおらんわ」

と黙殺されたらどんな気がするか。

ちゃーんと一人前に浮気をしているのに、

「ふん、そんなの信じないわ。あんたも相当の見栄ッパリね」

とあしらわれたらどんな気がするか。

女房の中にはさような女房が一人もいないために男はヤキモチの有難みがわからぬのだ。

ヤキモチは男にも必要だが、女にも必要である。男に縁のなくなった女が楽しむだけではなく、ヤキモチに苦しむ女もまた、ひとのヤキモチを見て楽しみ、心を晴らしているものなのである。

『坊主の花かんざし（一）』（エッセイ）

☘

男が女に女らしさを求めるといって、怒ってもしようがない。それが男の自然であれば。男のエゴイズム、男の陰謀、と怒るは簡単だが、玄関の靴が乱雑に散らばっているよりは、きちんと揃っている方が気持がいいし、人の皿を洗うよりは、人が洗ってくれる方が誰だって好ましいに決っている。

これまで、女は無力さのためにその男のエゴイズムに慴伏《しょうふく》して来た。今こそそれを叩き直すときが来ているんです、という主張はわかる。が、叩き直し損なって男が逃げ出したときはどうするか。

よろしい、そういう男はこっちでごめんだ、とさっさと別れるか、あるいはごめんなさい、これからは心を入れ替えますと謝って取り縋《すが》るか。大志完遂の道は実にそこにかかっている。文句ばかりいってもしようがない。

そこの覚悟が出来ているかどうか。

その覚悟を決めた上で男に要求、攻撃し、志ならずんばいさぎよく自爆するほかない。自慢じゃないがこの私のように、だ。

『男の学校』（エッセイ）

☘

どんなに嫌いになった夫、自分を苦しめる夫だったとしてもかつては夫と呼んだ人への、人間としての愛情と尊重を持って離婚したい。それが私の離婚の美学である。人は何でもかでも、手段選ばずうまくやればいい、自分さえ幸福になればいいというものではないのだ。

『死ぬための生き方』（エッセイ）

［第五章］夫婦、この不思議な関係

――妻の論理・夫の理由

妻は家庭を支配する権力者である

☘

女は論理的でない、とすべての人がいう。男だけがいうのではなく、女もいう。しかし女は自分たちが論理的でないことを別に困ったこととは思っていない。女が論理的でなくても困るのは男であって女自身は少しも困りはしないのである。

「女ができたらパパの困ること、何でもやってやる。会社の上役にいいつけに行ったり、絶対に困らせてやる」

こういう台詞《せりふ》を匿名とはいえ座談会で堂々としゃべることが出来るというのは、本当は何とももののすごいことなのである。私はそう思う。私は気の荒い女として知られているが、その私でさえもこういうことはなかなかいえない。

しかしこの人は公開の席で平気でそのすさまじい言葉を口にしている。ご本人はその言葉が思わず目を蔽《おお》いたくなるようなものすごい言葉だとは思っていないからである。なぜそう思っていないのか。それは彼女の次の言葉が答えている。

「こっちがこんなに純粋に思っているのだもの」

これが彼女の「論理」なのである。そんなものを論理といえるか！　と男が怒ってもそうなんだからしかたがない。

――私はこのように純粋に夫を愛している。ゆえに夫も純粋に私を愛する義務がある。ゆえに義務に背いた夫は罰を喰うべきである――

この論理によって彼女は正当性を持ち、正当性ゆえに強くなる。自己正当化の一筋道、どうやらこれが、「女の論理」というものの実体のようである。

『丸裸のおはなし』（エッセイ）

☘

見栄っぱりといえば女、女といえば見栄っぱりと、昔から見栄は女の専門のようにいわれてきた。もちろんいったのは女自身ではなくて男である。女はおしゃべり、女は意地悪、女は欲ばり、女はバカと、考えてみればかんばしくないことはみな、女に結びついている。

おとぎ話の中には、必ずヨイおじいさんというのが出てくるが、おじいさんの上にヨイをつけたのも男の発案にちがいなく、男というものは、女に相談もなく、いつもこういう勝手なことをするのである。

「女にはどうもやさしさがない。やさしさがないのは想像力が乏しいからだ。想像力が乏しいものだから自己中心だ。〝男のつきあい〟というものを認める女など百人のうち一人か二人あればいいほうなのは、女には本質的にやさしさがないせいだ」

まことしやかにそういった男がいる。

そこで一歩ゆずって、男のつきあい癖を、〝やさしさ〟のためであると規定したとしても、ここに一つの疑問が残る。その男のやさしさなるもの、想像力なるものは、友人、同僚などにもっぱらはたらき、女房子供にはあまりはたらかぬということである。しかもこの友人へのやさしさも、カケゴト、酒、女あそびから、怪しげな見世モノと、コトが下落すればするほど強力に発揮されるものであるのがふしぎである。

エエィ、もう〝やさしさ〟だなんてモタモタと上品ぶったことをいってないで、手っとりばやく、〝見栄っぱり〟とホンネを吐いてしまったらどう？

『さて男性諸君』（エッセイ）

♣

あるところに年中、夫婦喧嘩《げんか》ばかりしている夫婦がいた。私ははじめ、その夫なる人をやさしさのない人だと思っていた。ちょっとしたことにもすぐに腹を立てて奥さんや子供をどなったり、殴《なぐ》ったりするからである。ところがある日、私はその奥さんが、

「ああ見えてもうちの主人はやさしいのよ」

といっているのを聞いて驚いた。その奥さんは片脚が短いうえにひどい近眼だったが、彼はどんなに怒ったときでも、そういうことだけは一度も口にしたことがなかったという。

夫婦喧嘩ばかりしているからといって、必ずしも仲の悪い夫婦だと決めることはできない。やさしい人に見えてもやさしいとは限らないし、やさしくない人に見えてもやさしい人がいるのである。

『丸裸のおはなし』（エッセイ）

☘

行為する者にとって行為せぬ者は、常にもっとも過酷なる批評家である。

『さて男性諸君』（エッセイ）

☘

この頃の女房はなぜ亭主の稼ぎを支配する権利は自分にあると思っているのか！

『坊主の花かんざし（三）』（エッセイ）

♣

「女はバカで困るよ」

と男がいったときは、黙ってニコニコしているのがよい。人間は常に一分のスキもないほど利口である必要はない。バカである時は大いにバカであるほうがいいのだ。そこで男と女のバランスがとれる。男のほうだって、たいして利口なのがそろっているわけではないのだ。弱き男が優越を示そうとして女をバカ呼ばわりするときは、そうさせてやればいい。それで男が女をやっつけたつもりでいるならば、やっつけられたフリをしているのがいいのだ。

それがマコトの女というものである。

『おしゃれ失格』(エッセイ)

♣

戸籍というワク組の中で、夫という名と妻という名を冠《かぶ》せられている限り、夫は〝妻のもの〟であり、妻は〝夫のもの〟なのだ。夫にも妻にもそういう安心があり、その安心の上で夫婦ゲンカをしたり、憎み合ったり、また仲よくなったりしている。それは形式がもたらす安定感のおかげだ。その形式が外されたとき、果して幾組の夫婦が安心して夫婦喧嘩をしていられるだろうか。

『愛子のおんな大学』（エッセイ）

♣

「女房は空気のようなのがいい。いるかいないかわからないが、必要欠くべからざるものとして存在している。いなくては困るんだ。これがないと生きていけないんだが、しかし普段は忘れている――それが理想の妻だよ」

忘れもしない丈太郎の、古稀《こき》の祝いの席での言葉だ。

「その点、わたしは理想の妻に恵まれて幸せだったと思ってるよ、アハハ……」

――お父さんには理想の妻かもしれないけど、わたしの人生は理想の人生じゃなかった……。

信子はそういいたかったが、しかしいわなかったことを今、改めて思い出した。

なぜあの時、そういってやらなかったのだろう？

その時信子の顔は自分でもそうしようと思わずに笑顔になっていた。いいたいことが口もとまできているようなのに　さてとなると言葉がなかった。

気が弱いのか？　いや、そうではない。長い間の習慣が信子をそうさせたのだ。

ではその習慣はいつから、どうしてついてしまったのかと考えると、必ずしも丈太郎に強《し》いられてついたものではないことに気がつくのである。

考えがそこまでくると、信子はいつもわからなくなってしまう。なんだか知らないがそうなってしまった自分。それが丈太郎のせいではないことはわかっているが、当面はやっぱり夫に腹が立つのである。

『凪の光景（上）』（小説）

強く生きる女が幸福になるとは限らない？

♣

世の中に「似たもの夫婦」という言葉があるが、これはなかなか面白い言葉だと思う。この言葉を「性質が似ている夫婦」という意味よりも「夫婦は次第に似てくる」というふうに使いたいと私は思う。最初から相性が合っていた夫婦ではなくて、夫婦として暮していているうちに相性が合って来た、相性というものははじめから合っているものではなくて、生活の中で合って行くものだという考えかたである。

仲のよい夫婦を見ていると、どの夫婦にもどこかある一点で共通したものがあり、それによってそれなりの均衡《きんこう》を保っていることがわかる。結婚前にはなかったものがふえ、あったものが減っている。といって二人の性格がタマゴのように似て来たというわけではなく、それぞれの個性の中でどこか一点、ものの考えかた、見かた、趣味、人生の目的などで共通の部分を持っているということだ。

『おしゃれ失格』（エッセイ）

「お父さんには情愛というものがないのよ、この頃やっと、それがわかったの。四十年も連れ添ってきてお父さんはわたしのこと、何も知らないでしょう？　知らないのは、知ろうとしなかったからですよ。知ろうという気持ちがなかったから。知る必要を感じなかったから……」

信子の声は慄《ふる》えた。

「お父さんはわたしを便利に思っていただけで、わたしを愛したことなんかないのよ！」

☘

——愛したことがない……。

その言葉は未知の世界からの礫《つぶて》のように丈太郎を打った。

——いったいこの女は……。

まじまじと信子を眺めながら丈太郎は思った。

——いったい、どうなったというんだ……。なぜ、今になって「愛」なんていう言葉が出てくるんだ……六十四のばあさんの口から……。

丈太郎は眩暈《めまい》を覚えた。

丈太郎は丈太郎なりに信子を愛してきた。夫婦の間は緊密な信頼で結ばれており、信子は丈太郎のすべてを理解していると思いこんでいた。丈太郎が欲することは信子も欲することだと信じていた。それが違っていたというのか……。

それならそうと、なぜ信子はいわなかったのだ？

信子は何もいわなかった。素直でいつも従順だった。苦しい家計にも文句をいったことがない。教え子たちの面倒もよく見た。

しかし本当はそれが不服だったのだと、なぜ今になっていい出すのだ……。お互いに人生の終章に入った今になって……昔の文句をいわれても、取り返すすべのない今になって……。

丈太郎には忍従を妻に強いた憶えは毛頭ないのである。丈太郎のすることやいうことに対して、妻は逆らったことがなかった。妻は丈太郎のいう通りにした。妻がいう通りにしているから、それでいいのだと思っていただけだ。更にいうなら、妻とはそういうものだと思っていた。妻にとってもそれが自然なのだと思って疑わなかったのである。

『凪の光景（上）』（小説）

♣

「夫の浮気は認めるべきでしょうか、認めてはならないものでしょうか」

このごろ、そういうことを真剣になって論じ合っている婦人たちが増えている。

「わたくし、ゼッタイ、認めてはいけないものだと思うわ。そこまで認めてしまうということは、本当に愛していない証拠ですよ」

「わたくし、浮気はある程度認めるけど、でも男はゼッタイにわからないようにやるべきだと思うのよ」

など、やたらにゼッタイとべきが多いのも最近の婦人の会話の特徴である。

「わたくし、浮気なら認めるけど、それが本気になったらゼッタイ許さない」

しかし「ゼッタイ許しませんよ」

「はっ、そうですか」

とやめる男はいないのである。

「ゼッタイ」と「べき」と「許さぬ」をさけんでいる間も亭主はせっせと浮気をしているのである。

『愛子の日めくり総まくり』（エッセイ）

☘

今まで、旅行先から連絡してきたことのない人が、わざとらしゅう電話かけてきたりしてからに。男ちゅうもんは後ろめたいことしてる時に限って、家族に優しゅうしたりしますのや。土産《みやげ》買《こ》うて来たことのなかった人が、急に買うて来たりしたら怪しい。ニコニコして元気よう帰って来る時も怪しい。浮気して帰って来た時に限って、ムリして女房の寝床へ入って来たりする。そもそも男のニコニコ顔というもんはこれ、人さまに見せるよそいきの顔ですよって、それを自分の妻に見せるということは、何ぞ取り繕《つくろ》いの気持があるのやとわたしはニランでます。

『結構なファミリー』（小説）

☘

「あんなにいい奥さんなのに、どうしてご主人は浮気をなさるのかしらねえ。ふしぎねえ」

と頻《しき》りにふしぎがっている奥さんたちがいる。何もそうふしぎがることはない。男とは奥さんのよし悪《あ》しにかかわらず浮気をするものなのだから。

女のひとの話を聞いていると、ちっともふしぎでないことを一生懸命ふしぎがっているのがふしぎである。

「お父さんが教育者なのに、どうしてあんな子供さんが出来たのか、ふしぎねえ」

教育者と父親というものは自《おのずか》ら別モノであると思えば少しもふしぎではないのだ。

「お父さんもお母さんも頭がいいのに、どうしてあんたみたいな出来ない子供が出来たのか、ふしぎだわ」

これもちっともふしぎではない。ただ自分たちが頭がいいと自分で思いこんでいるだけのことなのである。

『愛子の日めくり総まくり』（エッセイ）

♣

男はノゾキ好きだが少くとも妻に関しては何ひとつノゾキたくないものであることを、悲しいかな妻は知らないのである。

『坊主の花かんざし（二）』（エッセイ）

♣

別れるという結論を出したのは美保の方だった。美保はその結論を、殆《ほとん》ど夫への軽《けい》蔑《べつ》とそしてプライドをもって口にしたといっていい。

「あなたがいいにくいのならあたしがいってあげるわ。あたしたち、別れましょう……」

必死に揉み込んでくる尖《とが》ったものの痛みに耐えながら美保はいったのだった。美保にそういわせたのは、その疼痛《とうつう》だったかもしれない。

そんないい方が可愛《かわい》くないことはわかっていた。こんな時、夫の心を引き止めるためにたいていの妻は泣き叫ぶ。だが美保は自立を目ざして生きてきた女の誇りにかけても、夫に泣き縋《すが》ったりは出来なかった。夫が信頼を裏切っていたという事実を知った時、美保は失望よりも侮辱を覚えた。あのクリスマスイブの幸福を思い出すと、あまりに自分が惨めだった。その怒りの力を借りて美保はうそぶくようにいった。

「結局、愚かで弱い者がトクをするのね。夫のお荷物になるまいと、強く生きる女が幸福になるとは限らないのね」

その口のあたりに浮かぶ微笑の、醜い痙攣《けいれん》を美保は知っていた。

『凪の光景（下）』（小説）

☘

元来、女の生命力は男の比ではない、それくらい強いものだった。それを知った男は、一所懸命に男社会を作って、女の力を撓《た》めようとした。そうして幾変遷《いくへんせん》の末、男は女の力に頼る方がトクだということを知り、女の力に押し切られた格好をして、本当は女に何もかも委せて責任のないラクな身分になりたいと考えているのかもしれない。

人のいい女は元気に委《まか》せてあれもこれも一人で背負って頑張り、やがてヘトヘトになって行く。男はそれをニンマリ待っているのかもしれないのである。

『こんな暮らし方もある』（エッセイ）

［第六章］深く愛し迷い苦しむ人ほど深く生きられる

――男と女の間には

傷つけず、傷つかない愛はない

☘

愛とは楽しいことばかりでなく、苦渋に満ちたものなんですよ。

『こんな女もいる』（エッセイ）

☘

心底人を愛し苦しんだことのない人生は、実は何の得るところもない寂しい人生なのである。

『死ぬための生き方』（エッセイ）

☘

男の自分に対する愛の分量がはっきりわかるのは、その人がまだ、愛に捉《とら》えられていない時だからである。

いったん愛に捉えられるとその時から、相手の愛が見えなくなる。そうして懊悩《おうのう》がはじまる。

愛の迷いに苦しむ人は、他人の目からは丁度、山道で狐《きつね》に欺《だま》されて、提灯《ちょうちん》下げて同じところをウロウロしている人のようではないか。他人の目には滑稽《こっけい》でバカバカしいようだが、といってそれから逃れることは出来ないのである。

『朝雨　女のうでまくり』（エッセイ）

♣

男にとって、人妻との「友達関係」なんてありっこない。猫は鼠と友達になろうとして追いかけるわけではない。猫は鼠を捕えたくて追うのである。

『坊主の花かんざし（二）』（エッセイ）

♣

人を傷つけず、また自分も傷つかずに渡れる人生なんてないのである。愛するということも同じである。築いた愛を壊すということは、血を流すということなのだ。当たり前のことである。

別れたくなったのは、何のためか。単に飽きただけなのか、相手の欠点が目について来たためか、それとも新しい愛の対象が登場したためか。理由は何にしても、大事なことは人は常に誠実でなければならないということだと思う。いやになった恋人にも、新しい恋人にも、誠実でなければいけない。誠意をもって自分の気持ちを説明することだ。

『こんな暮らし方もある』（エッセイ）

♣

男と女の愛に破局が来た場合、どちらか片方が一方的に悪いということはない、と考えている。片方がどんなに相手を非難し、自分の正当性をいい立てたとしても、（そしてまた、外目にはそう見えたとしても）冷静に見ればその責任は本当はフィフティ・フィフティなのである。

だがたいていの人は、どちらか一方が悪いと極《き》めて現象的に判定を下したがる。悪いとか悪くないの問題をほじくるよりも「愛は終った」とさっぱりと考える方がいいのではないのか。そう考えるよう、努力すべきではないのか。

『男友だちの部屋』（エッセイ）

♣

失恋ということの、最もやりきれない点は、それをだれのせいにもすることができないということだと思う。

火事や盗難や破産などとちがって、現実生活の中で奮闘することで解決していけるものでもなく、また、肉体の病いとちがって、薬や手術でなおすわけにもいかない。たとえ相手をなぐりとばしたところで、心のキズが消えるものでもなく、恨《うら》めば恨むほど、見返してやろうとすればするほど、また、愛をとりもどそうとすればするほど、苦痛はあざやかになるばかりである。

結局は、月日がそれを少しずつ消していってくれるのを待つ以外に、どうしようもない。

しかしこの〈どうしようもなさ〉に耐えている間に、その人の心は目に見えぬさまざまの知恵を身につけているのではないだろうか。

〈どうしようもない〉ことに耐える、自分ではどう奮闘のしようもないことにぶつかるということは、人の成長のうえでたいへん意味のあることだと私は思う。

『おしゃれ失格』（エッセイ）

☘

まことに、女とは常に一生懸命、一心不乱、必死のもので、そこに女のユーモアが生れる。つまり女は生マジメゆえにユーモラスになるのであって、それゆえ、しばしば女はユーモアを解する人ではなく、ユーモアの素材となるのである。

『朝雨　女のうでまくり』（エッセイ）

♣

女はもう少し悧口《りこう》になって、男の気持をわかるようになりなさい、というは簡単である。しかし、男の優しさと男のエゴイズムの機微がわかるようになった女は、男にとってはもはや何の魅力もない年になっているのである。

ホントに人生というものは、全く、うまく行かない仕組みになっているものだなあ。

『女の学校』（エッセイ）

♣

男女の愛を歴史に見て、女は愛される存在でした。女が愛する者は、本質的にいうといつも自分自身ひとりではないかという気がします。女は男からの愛を通して自分を愛します。また男への愛を通して自分を愛します。それゆえ彼女はたえずその愛をためさずにはいられません。わざと機嫌の悪い表情をしたり、うるさそうな顔をしたり、黙って答えないでいたり、あるいは他の男に心を惹《ひ》かれているふり、笑いながらの抱擁の拒絶……そうして男を虐《いじ》め苦しめてためした後、ようやく彼女は安心し、けろりと無邪気さや優しさをとりもどします。男はその起伏の激しい女のやり口に引き廻《まわ》され、絶望したり歓喜したりでくたくたになり、ああ、女というものはわからぬ！と歎《なげ》いたりすることになるのです。女にとっての愛の喜びには、愛の輝かしさに酔うことばかりではなく、もっとひそかな隠微な喜びがあります。それは自分を愛している者が、その愛ゆえに苦しんでいることに対する喜びなのです。それは彼女がその相手を愛しているいないにかかわらず、彼女を誘う喜びなのです。

『こんないき方もある』（エッセイ）

♣

女は嘘《うそ》つきだ、男の嘘はバレるが女の嘘はバレない、とよく男たちはいいますが、嘘をつくことも残酷さを振るうことも、女は真剣に必死で行なうからなのでしょう。女の残酷さのたぐいのなさ、そこに私は女の不安と悲しみを見ないではいられません。

『こんないき方もある』（エッセイ）

♣

女性が本当に強くなったといえるのは、女が男に向って「欺した」とか「責任をとれ」などという言葉をいわなくなった時だと思う。恋愛というものはいうまでもなく相対的なものであって、決して一方的に責任を取らねばならぬというものではないのだ。男に責任があるように女にも責任がある。何に対する責任か。それは二人の愛に対する責任である。そうした愛に対する責任ということは、必ずしも結婚することばかりではないのだ。

『愛子のおんな大学』(エッセイ)

♣

男女関係に於《お》いて女は常に真剣勝負でいるけれど、男はそういつも真剣勝負ではないのです。女性はまず、そのことを認識しておいた方がよろしい。

『こんな女もいる』(エッセイ)

♣

「誰かの詩に、女は港だ、と謳《うた》っているのがありました。女は港である。航海から帰って来た船を静かに迎え、抱きかかえ憩《いこ》わせる港である、とね」

名も知らぬ行きずりのスナックのカウンターに肘《ひじ》を突いて頭を抱え、酩酊《めいてい》した坂ノ上学長はいった。

「しかしそれは所詮、男の夢でしかありませんな。女は港なんかじゃない。幾つもの表情を持つ海ですよ。突如として荒れ狂う海、不気味さを秘めてうねる海。凪《な》いでいるからといって決して安心出来ないんです……そして、また朗らかに波立っていればいるで、またその波音がうるさい……」

『男はたいへん』（小説）

♣

「男と女というものは……これは永遠に理解出来ないように出来ているものなんでしょうかなあ……」

学長は何をいおうとしているのか、私はわからぬままに曖昧に、

「そうですねえ」

といい、語尾に少し笑い声を含ませてみた。

「我々、男が我儘《わがまま》すぎるのかと反省してみたりもするのですがね、世の中の殆《ほとん》どの男は、諦めているようですな。女の無理解に、です」

「女の無理解？――」

私は微笑を含んで反問した。

「そうですか、そんなに男性に対して無理解でしょうか、女は。でも女の方からいわせていただくと」

「わかってます、わかってます。男の無理解に苦しめられて来たとおっしゃりたいんでしょう」

学長は急いでいい、

「ですからね、お互いに相手を無理解だと思っている。これは、いったいどういうことなんでしょうなあ……」

学長はまた溜息をついた。

『男はたいへん』(小説)

♣

女の顔は彼女の人生の歴史を語りはしません。女の顔が語るものは彼女の感受性です。教養や個性です。そこで顔そのものではなく、化粧をふくめて顔にあらわし得るものでそれを語らせようとします。よそおいはすべての女が持っているひとつの有望な表現方法です。だからこそ、よそおい終った女は、ちょうど芸術家がその作品の最後の仕上げの手を置くときのように、最後にもう一度鏡のなかの自分の顔をたしかめるのでしょう。

『三十点の女房』(エッセイ)

♣

化粧をする心は、余裕から生じるものである。自分を美しく見せたいというこの女性特有の願望を女はどんなときも失ってはならぬと思う。美しく見えなくたってかまわないといった気持は、超俗のようでいて、決してそうではない。それはヤケクソというものである。

『こんな考え方もある』（エッセイ）

♣

一向に念を入れて装っていない人だが、美しい感じを人に与える中年婦人がいた。中年婦人の集まりの中で何となく目立つ。何が彼女を目立たせるのかと観察しているうちに、中年にとって大切なものはハダの若さや化粧じょうずではなく、身ごなしの機敏さであることがわかった。

『こんないき方もある』（エッセイ）

♣

私の波瀾《はらん》多い生きざま、苦難との闘い、撃ちてしやまんの気概、真理を洞察せんとする眼力、そういうものが私の面魂を養ったのでありましょう。女として大切なことは何かというと、美人であるとかチャーミングだなどといわれて男どもにもてはやされることではない。そんなものは、生れつき与えられた瑣《さ》末事《まつじ》に過ぎんのです。己れの力で創《つく》り上げるものこそ大事なのである。即《すなわ》ち面魂こそ、それです！

『女の怒り方』（エッセイ）

不倫の愛につきまとうもの

♣

不倫の愛には安定はない。諦《あきら》めと忍耐はどこまでもついて廻る。そうでない場合は闘いとなる。愛人の妻との闘い、愛人との闘い、そして己れの情念との闘いだ。

だから不倫の愛に身を委《ゆだ》ねる人には、資格が必要だということになってくる。まず第一に経済的に自立していること、自分の仕事、進むべき道を持っていることである。それがあれば、朝から晩まで愛人のことばかり考えて暮らし、あらぬ妄想にさいなまれることからいくらか救われる。

精神的自立などと一口にいうが、それは仕事や目的を持っていることによって、男性と対等の立場に立っていることを意味している。

私は知的な仕事にたずさわっている女性の中に、妻子ある愛人との関係を上手に定着させた人を何人か知っている。その人たちに共通していることは決して強さなどではなく、聡明《そうめい》さであり、そうして仕事に対して情熱を燃やしているということだ。

しかし彼女たちといえども、最初からその愛人関係が安定していたわけではない。

酔うと急にたけだけしくなって愛人にからみ、傍にいる私まで閉口した時代がある。

また別の人には会うたびに愚痴をこぼし、愛人を罵《ののし》るのを生き甲斐《がい》にしているのではないかと思われた時代もあった。それぞれに苦しみ、苛立《いらだ》ち、争い、泣き、責め、その山河を越えて安定を得た人たちである。

彼女たちにそれが出来たのは、仕事を通じて自分を律する力を得たということかもしれない。愛人を生活の中の第一義ではなく、仕事の次に位置させることが出来た。その時から彼女たちの愛は安定したのであろう。

『こんな暮らし方もある』（エッセイ）

♣

不倫の愛人関係において、男性が払う努力の分量と女性の努力の量を比較した場合、どう考えてもフィフティフィフティというわけにはいかないだろう。

「俺《おれ》だって苦しんでいるんだ！」

と男はいう。たしかに不倫の愛を愉《たの》しんだツケは男にも廻って来る。しかし男は廻って来たツケを払えばよいが、女の方は人生そのものが曲がってしまう場合が往々にしてある。もしもその人生に悔いを抱いた場合、「男に欺された」とはいわず、「私は覚悟をもってこの道を選んだ」といえる自負心を持ちたい。

男に気に入られようとして心を砕くよりも、私はその自負心を培いたい。

『こんな暮らし方もある』（エッセイ）

♣

すべてが変化しつつあった。

堂本のために耐えることが私の悦びだった時は、遥か彼方に過ぎてしまった。その頃、私は自分が耐えていることを堂本に知られまいとしていた。私が耐えていることを知ったなら自分堂本は苦しむだろう。気がねをするだろう。私は私の愛する男から気がねなどされたくなかったのだ。しかし今は、私は彼が私の忍耐に対して平気でいることが我慢ならなかった。

堂本が羽田へ来なかったのは、風邪《かぜ》をひいていたからだった。

「すまなかった」

堂本は電話で一言そういっただけだった。病気で寝ているというのは、彼の妻の嘘ではなかったのだ。だがそれを聞くと、私の気持は別の意味で治まらなくなった。彼女は今も尚、彼の妻としての役目を務めているということが。彼女は堂本の日常生活を把握しており、私はその半分も知らない他人であることが。そういう状態に私を陥れたまま、彼は平然としていた。いや、本当は平然としているように見えているだけで、彼としてはそうしているほか、どうすることも出来ないのかもしれない、と私は思い直そうとした。堂本は無責任なのではなく、現実に対応する力が欠けている男なのだと。だがそう思うことが出来たからといって、私の気持が鎮まるわけではなかった。

『幸福の絵』（小説）

☘

――長い間私は我慢してきた。あなたが困るということは何もしなかった。私はあなたに何をねだったことがある。あなたとした約束を、私の方から反古《ほご》にしたことは一度もなかった筈《はず》だ。あなたの要求を拒んだことが一度でもあったか。あなたを満足させるために私は時間を削った。時間を削るということは、私にとってはこの身を削ることだ。しかし私は身を削っているのよとはあなたに向って一度もいったことはない……

恨みごとは際限なく出て来た。

――男が困ろうとどうしようと、電話をかける女は世の中にいっぱいいるのよ！　別れる別れるといって妻と別れない男に迫る女は掃くほどいるのよ！　けれども私は何もいったことがない。その私の価値にあなたは全く気がついていない。それを当り前だと思ってる。私が何の苦しみもなく、そうしていると思っている！　それでよく役者が勤まるわね！

憎悪の激しさのために私は疲労を忘れた。

『幸福の絵』(小説)

♣

来る日も来る日も不安が胸に詰っていた。この不安を癒《いや》すのは堂本の電話しかない。不安にさいなまれると私は、私の方から電話をかけることの出来ない立場を思って堂本を憎んだ。

「かければいいじゃないか。かまわないよ」

と堂本はいい争いのたびにいう。しかし彼が自分の家からかけてきたことは、いまだに一度もなかった。彼からの電話は、たいてい音楽やざわめきの中から聞えてくる。彼はかければいいじゃないかといいながら、自分の家から電話をかけないことによって、私を阻止している、私はそう思わずにはいられない。そう思う以上、私はかけない。私はそういう女だ。そうして私はそんな気持にさせる堂本に腹を立てた。

多くの女の中には、かけてはいけないといわれていても、平気でかけることが出来る女がいる。かければいいじゃないかと男がいえば、たとえその本心が想像出来たとしても、かける女は沢山いるだろう。しかし私はかけなかった。金輪際かけないぞという決心を胸の奥に固めていた。家が燃えてもかけないだろう。私はそんな時が来るのを待ち望んだことさえある。私が死んだ後で何も知らずに彼が電話をかけてくる。家政婦がいう。

「立子先生は昨日、お亡くなりになりました」

その時、彼を襲う悔恨を想像して、私は死んでやりたいとさえ思うのだった。

『幸福の絵』(小説)

♣

堂本はむっとしたように口を噤み、それ以後は私たちの間では彼の妻の話題は出なくなった。堂本を憎んでいるのか、彼の妻を憎んでいるのか私にはわからなくなる時があった。私は堂本への期待を捨てようとした。期待を捨てていることを態度で堂本に知らせようとした。期待を捨てたのではない、堂本に捨てさせられたのだ、ということを知らせたかった。しかし、いうまでもなく、私はきれいさっぱりと期待を捨て切れたわけではなかった。私は堂本の胸を抉《えぐ》るような厭味をいい、傷ついた堂本が連絡してこなくなると、俄かに慌てふためいて謝った。そして和解が成立すると、その途端に恨みが湧《わ》き出てきて次の諍いへの足場となるのだった。

『幸福の絵』(小説)

☘

「ぼくは以前、自分が軽蔑《けいべつ》していた男と同じことをしてる……」

暫《しば》らく黙っていた後で、修次は呟くようにいった。

「あの連中はよく平気であんなことをしていると思ってた……だが、自分がそうなってしまうと、案外、苦しまないんだなあ……あの連中は毎日、どんな気持で女房と顔を合せているんだろう、たまらないだろうと思っていたんだが、自分がそうなってみると、思ってたほどじゃない。可哀そうだ、気の毒だとは、それは思うけれどね。女房と飯を食いながら、君のことを思ってる。今頃、どうしてるだろうと想像してる。会いたいと思ってる。何も知らない女房が話しかけてくると、愕然《がくぜん》として夢が醒《さ》める……しかし、苦しんではいないんだ。君の愛情。それから君へのぼくの愛。それが呵責を薄めてくれてるらしい。お前はどうして苦しまないんだ、って自分に向って訊《き》くことがあるけど、ワイフが可哀そうだ、俺は悪い男だと意識的には思っても、感情がついて行かない……それが……そういうものなんだってことがはじめてわかった……」

『バラの木にバラの花咲く』（小説）

☘

しかし、その一方で堂本を意気地なしと見る見方は、私だけの見方であって、第三者の目には必ずしもそうは見えないことを期待する気持があった。堂本の代りに誰か、彼の立場の正当性を主張する人がいてほしかった。昔からの男友達が、

「要するにだな、それは男の優しさというもんなんだ。この優しさは複雑なんで、とても女にはわからねえんだよ。だからすぐ優柔不断とかいって裁く」

と酔って、私にたてつく形で堂本の肩を持ったとき、私は怒りながら少し救われたような気がした。

「あなたのいうこと、女でもわかるわよ。彼はとても優しい男よ。でも、男と名がつくからには、ぼくは優しいんです、で、すまない場合ってものがあるわ。男なら、覚悟を決めなければならない時があるということを知らないで、どうして男といえるの」

私は男友達の口からその批判に対しても、もう一度、弁護が出ることを期待していたのだが、男友達は呆気《あっけ》なく「その通り」と賛成して私をがっかりさせた。私はどうかして堂本の立場をわかりたいとあせっていた。彼の立場に理解を持つことによって、自分を救うしか道がなかった。しかし、そんな私のために手を貸してくれる者は誰もいなかった。友達はみな、いつも積極的に堂本の優柔不断を非難して、（それが私を

苦しめることになるとは知らず）私を苦しめた。

しかし堂本は堂木で、私の妥協性のない潔癖性や、ありのままをさらけ出して生きようとする生活態度を欠点だと考えているにちがいなかった。私たちは全く異質の人間同士であることを、漸《ようや》く私は知った。それでも尚、私は彼がなぜ、こうした虚偽を根絶しようとしないのか、その答を知りたいという気持を捨てることが出来なかった。こういう事態になっても、妻への愛着が絶ち切れないというのなら、正直にそういってほしい。そうなのだと率直に聞けば、私は納得するだろう。少くとも納得しようと努力するだろう。私はそういう人間だ。そういう人間であることに、私は自負を持っている。（中略）

私は、私が堂本を圧迫していることを知らないわけではなかった。彼は私という人間をよく知らずに愛してしまったことに気がついたにちがいない。私が堂本に対して失望し始めたと同じように、彼もまた、かつては想像しなかった（異様に激情に駆られる怖ろしい）女の姿が現れて来たことに失望し、後悔しているにちがいなかった。

私たちは互いに異質であることを知りながら、まだお互いを必要としていた。なぜかわからないが、私には彼がいなければ、生きていけないような気がしていた。異質であっても同質であっても変りはない。まさしくそれが執着というものだった。

『幸福の絵』（小説）

「はじめの頃、私は彼に求めまい、と自分にいい聞かせたわ。より多くを求めないで、しっかり自分を支えて、この関係を築いていこうと真面目に考えていたわ。私は自分を変えようと心から思っていたのよ。一生懸命、我慢したわ。彼がそうであるならば、私もそれに従うべきだと自分にいい聞かせていたわ。彼の好むように自分を殺して形を添わせる。それが愛することだと小娘みたいに、思ったりしていたのよ。でも今はもう、我慢出来ない。わかる？　不自然な自分に耐えられない。私のお腹の中で火山が鳴動している。本性が出たがって湯気を噴き出しているのよ。私は助けを求めて、わめいている。なのにあの人は何もしない。奥さんを放置してあすこまで落ち込ませたのよ、あの人は。それと同じように私のことも放置しているの。私に、手助けなしに、ひとりで努力しろというの？　ねえ、そんなもんなの？　答えてよ」

涙で声が詰った。涙は悲歎のためではなく、激情から流れ出た。私は男友達に向って、恰《あたか》も彼が堂本その人であるかのように、摑《つか》んでいたその手の甲を何度も叩いた。

「はじめの頃の私は、それはいろんな夢を持ってたわ。でも夢だけでよかったのよ。現実に私が願ったことは、ただ、人目を気にしないであの人と街を歩きたいということだけだった。わかるでしょう。私はこそこそと生きるのが一番嫌いな人間であることが。その次に私が願ったことといったら、私の方から電話をかけたり、手紙を出す自由がほしいってことよ。それだけのことを五年間、願いつづけてた。結婚したいとか、あの人に養われたいとか要求したことはなかったわ。でもそのうちに、もう電話をかけられなくてもいいと思うようになったの、罪人みたいに、いつも人目を意識してることにも馴れたの。私が今、願っていることはどんなことだと思う？」

世の中にはこんな私のいい分を納得する男なんかいはしない、と一方で思いながら私はしゃべりつづけた。

「心ゆくまで、いいたいことをいい合いたいってことなのよ。わかる？　いいたいことをいうと、あの人はそれには答えず、むくれて穴の中にひっこんでしまう。私の方から連絡が出来ない以上、私はあの人の機嫌が直って、穴から出て来るのを待つだけなのよ。わかる？　待つだけなのよ。それ以外に何も出来ない。謝ろうと思っても、謝ることさえも出来ない。だから……それがこわいから、私は……いいたいこともいえない。……私のたったひとつの望みは心ゆくまでいいたいことを言い合って、喧嘩《けんか》をしたいということだといったら、……あなただって私を可哀そうに思ってくれるでしょう？」

『幸福の絵』（小説）

過ぎていく時間を引き止めてほしい！

私は堂本にそういって頼みたかった。

私の中にひろがっていく彼への失望、どうかそれを圧《お》しつぶしてほしい。堂本は疲れたのだ。彼もまた私に失望していた。そして私たちの愛のために意志を振い起す気力を失っていた。彼は肉体の交りの中に我を忘れることによって、この関係を持続させようとしているだけだった。私には私たちの抱擁の背後に穿《うが》たれている深淵が見えた。その深淵が私の肉体をふるい立たせた。

『幸福の絵』（小説）

☘

惰性となった愛執が私を縛っている。それを振い落して自由になりたいという渇望が、私を残酷にしていった。私は半ば覚悟を決め、堂本に向って私たちの関係を世間に公表するといった。その時の堂本のうろたえようが、私を絶望させた。

「やっぱりそれがあなたの正体だったのね」

私は叫んだ。更に私を絶望させたことは、堂本の方もまた、私が「正体を現した」

といったことだった。

『幸福の絵』（小説）

☘

別れ際に堂本はもう一度、念を押すように、「これからは幸福になろう。二人とも」といった。私は困惑して微笑した。私は神の存在について考えずに生きてきたように、自分の幸福についても考えることをやめていた。私には波瀾の月日がつづいたが、それを不幸という言葉で思ったことはなかった。波瀾を越えようとする時に、私の中からは自分でも驚くような激しい気力が湧き出てくる。その気力の激しさに身を委せると、自分が不幸であることなど忘れてしまう。そんな風にして私は生きてきたのだ。

堂本はそんな私に「幸福」という甘ったるい言葉を運んできた。私はその言葉に馴染めず、「苦闘の後の静謐《せいひつ》」といい替えて納得した。長い苦闘の後、漸く私にも静謐の時が来るのか。私はためらいながら、それを期待した。しかし現実には、私が静謐を期待したその時から、新しい痛苦が始まったのだった。

『幸福の絵』（小説）

☘

女は常に納得したいという欲望を持っている。パチンコをする。景品でタバコ代が節約出来る。それならよろしいと納得してパチンコをする。ドライブに行く。一家の健康増進、明日への活動力を産み出せる。それなら行こうと納得してドライブに行く。便所の落書き。これは女はダメである。納得出来る部分などどこにもない。ストリップ、これもダメだ。そんなもの見ればよけい欲求不満が高まる。納得出来ないから無意味である。ではいたずら電話はどうか。

調べたら、いたずら電話よくします、という女性がいた。彼女はある若き女性のところへ深夜になると電話をする。

「こら、お前、よう聞けよ」

とドスを利かせた男の声でいう。

「あんまりよその奥さんを苦しめるようなことすんなよ。ええか、わかったか!」

よく聞いてみると彼女の夫はその若い女性と道ならぬ関係に入っているのだという。だがこれまたいたずらというにはあまりに切実な目的を持っている。女のいたずらはいたずらではないのである。

『坊主の花かんざし(二)』(エッセイ)

［第七章］男の顔は男の人生を語る

――男のたしなみ、男のやさしさ、男の勇気

まことの男とは？

闘いの激しさと勝利と権勢、あるいは敗北、挫折《ざせつ》、妥協の悲しみ、あるいは燃える野心、情熱、孤独……男性の顔が語っているそれらの痕跡が、彼の人生の歴史をありありと物語っているのを私たちは見ることができます。私たちが男性の顔を美しいと思うのは、そんな顔に会ったときです。男の顔の美しさは、その人の精神の歴史の痕跡が作り出している美しさにほかなりません。

『こんないき方もある』（エッセイ）

♣

男性美というものは、男の意志の力が自然に蓄えて行く美しさのことである。男性美ということばを聞くと反射的に隆々たる筋骨の体軀《たいく》を連想するが、そのたくましい筋骨が美となるのはそれが志向する力、意志の力から生まれ育ったものであるからだ。志向するもののない男性、意志を失った男性がどうして男性美を作り出すことが出来るだろう。

かつて男性には女をひきつけ、とらえ従わせるために力をつちかった時代があった。女を獲得するために命がけで敵と戦った時代があった。男の闘争心が、彼らを輝かせた。また男としての誇りが彼らを美しくした。

『こんないき方もある』（エッセイ）

☘

「自分をいい男だと自負している男に、いい男がいたためしがない」

これが私の持論である。

ハンサムは己れの顔を忘れなくてはいけない。忘れたときからまことのいい男になって行く。ブ男もまた、自分の顔を忘れなければならない。忘れたときから彼もまた、いい男になるのである。

たまたま、「いい男とは何か？」と質問するハイミスがいて、私は答えた。

「キリストを見よ、釈迦を見よ、はたまたソクラテスを見なさい。昔から聖人偉人といわれる男はすべていい男です。彼らはいい男に生れたのではなく、いい男になったのです。昔、フランスの革命政治家ミラボーは、ひどいアバタ面でした。ある貴婦人がミラボーを尊敬するあまり、肖像画を下さいというと、ミラボーは言下にいいました。『虎をごらんなさい。虎にアバタがあると思えば私の顔になります』と。このミラボーは女に好かれること無類で、彼のまわりにはいつも女がつきまとっていたといいます。これぞ、いい男の代表というべき人物ではありませんか。男の顔は男の人生を語るものです」

『男友だちの部屋』（エッセイ）

♣

どうしてこのごろの男は、女が考えるようなことばかり考えるのだろう？

ハゲ頭を隠さんとてカツラをかぶる。本当に隠すべきものは、ハゲぐらいにクヨクヨする自分のキモッタマの小ささではないのか。

かくて、隠しに隠し、ごま化しにごま化したあげく、

「目もとパッチリ頭からっぽ、鼻筋スッキリ、力ヒョロヒョロ、意地なし覇気《はき》なし誇《ほこ》りなし、シワもなければキモッタマもなし」

という男がはびこることになるのであろう。

こんな毒舌をふるうのも、実は女を足下に踏みしだく勇ましくも雄々しきオトコの進出を切望する女心からなのだが、親の心、子知らずというか、この悲しくも愛に満ち溢《あふ》れたる心をも知らず、やたらサカウラミして、

「やつは思いやりを知らぬやさしさのない女。さぞかし男にモテたこともなかったであろう」

などとかげ口をきく男がいる。

〝思いやり〟などということばは、そもそも弱き者に対して使われることばである。

「目下の者に思いやりをかけましょう」

とか、

「イヌ、ネコに思いやりを」

とか。それが今や、

「ハゲ頭に思いやりを」

だ。しかもご当人がそれを要求している。ああ、末世なるかな。思いやりごっこ、馴《な》れあいごっこ、ついにハゲ頭にまで及びぬ。

それにしてもカツラをかぶって人生が明るくなるとは、ホントに簡単な人生ですねえ。

『さて男性諸君』(エッセイ)

☘

われわれの娘時代は、結婚の相手を選ぶのに、顔を問題にする娘は、程度の低い女と見なされた。ブオトコの妻にがいして美人が多く、色オトコに限ってパッとしない女房を持っていたりしたのは、世の中が実力第一主義だったからなのである。

ところが現代に至って、ブオトコは全く絶滅したかの観がある。小汀利得《おばまとしえ》先生、サトウハチロー程度の顔さえ見つけるのに困難だ。

なぜブオトコがいなくなったのか?

答えは簡単だ。男の精神が堕落したからである。整形外科で鼻や目を直す男が激増しているのだ。若者ばかりではない。いい年をしたオッサンまでが、男性用化粧品で顔をスベスベさせ、コルセットで出っぱった下腹をしめつけ、ハゲ頭をかつらで隠して、本来の自分の姿をごま化そうとしている。

このごま化し精神のもとで、個性ある男の顔が生まれるわけがないのである。このごろの男の顔は、その人間の精神の表札ではなくなってしまったのだ。考えていることがみな同じ程度だから、同じような顔が並ぶということになる。

私のような年になって、男の顔などあまり熱心に見る気のなくなった者には、一度や二度会っただけでは、とても覚えられなくなってしまった。

男は本来の顔にもどるべし。ブオトコはブオトコに徹すべし。ブオトコであることを誇るべし。そうして美人の妻を持つべし。世の女を足下に見くだし、女がおのずからひれ伏す日まで悠然たるべし。

……ナニ、悠然としてそのままジイサンになっちまったらどうしてくれるって？　そんな心配をしているから一山百円の顔になっちまうんじゃありませんか。

『さて男性諸君』（エッセイ）

☘

女にサービスすることを知っている男は、何らかの点ですぐれた個性を発揮している人たちであり、心の余裕を持っている人たちである。

『こんないき方もある』（エッセイ）

☘

「たしなみ」と「やさしさ」と「勇気」――私はこの三つをまず紳士の根本条件としてあげたい。ライフル魔事件以来、男の勇気について、方々で論じはじめられたようだが、私は男としての信念に向かって進む力から生まれるものとして勇気ということを考えている。人間が生きる上で現実生活の中から立ちはだかってくるもろもろの抵抗（現代はその抵抗がいかに大きく複雑なことか）――その抵抗に負けず、妥協せずに進んで行く力こそ、男の男たる力、まことの紳士の持つべき力なのではないだろうか。実に勇気はその抵抗と戦い、乗り越える力から生まれるものなのである。

『こんないき方もある』(エッセイ)

♣

何の役にも立たない！　それがいいんじゃないですか、それが！

人というものは、生きる上で役立つことばかりやっていればいいというものではないのだ。役立たぬこともムキになってやる。それが、人の人たるところではないのか。男の男たるところではなかったのか。

気の毒に、バカげたことをしようという気持を若者は失いつつある。青春こそは、バカバカしいことに熱中する時代であるのに。

近来、男性が女性的になったといわれるのは、多分、男が現実に役立たぬことをしなくなったということなのである。

『男の学校』(エッセイ)

♣

昔は「痩《や》せ我慢」が男の美徳とされていたから、昔の男は痩せ我慢に馴れていた。痩せ我慢をするように子供の時からしつけられていた。だから友情のために女への愛を思い切る（友達に譲る）とか、恩師の反対に従うために愛を断ち切る、などということをしたのだ。

観念で情念を抑え込むことが出来たのである。

痩せ我慢の修業をさせられたことのない今の若者が、ムリに自分を抑え込もうとするとヒビが入ってしまう。今の男に「男の美学」は持てないのである。

『死ぬための生き方』（エッセイ）

☘

金貸しはせっかちな性格をあらわす、せかせかした早口でいった。

「借金の保証をした者は、保証したことに対して責任を取らなければならないんです。家を担保に貸した者は、それだけの覚悟で貸したんでしょう。まさか隣へ鍋を貸すようなつもりで貸したのではないでしょう。バカバカしい。

この世はね、奥さん、ママゴトじゃないんですよ。そんなもの、奥さんが心配する必要はありません。ほっときなさい。ほっとけば皆、仕方ないから、それぞれ自分の智恵《ちえ》で何とかしますよ。え？　そういうもんでしょう？　人間は自分のしたことの責任は自分で取るものですよ」

彼は私の方に身をさしのべ、子供にでもいい聞かせるように、一言一言、くぎっていった。

「そうですよ。そういうものなんですよ。瀬木さんは倒産したんだ。名誉とか面目とか友情とかにこだわっているようじゃ、瀬木さんは立ち上れませんね。世の中はそんな甘いものじゃない。泥におちた以上は平気で泥をかぶるんですよ」

『戦いすんで日が暮れて』(小説)

☘

女に理解できぬ男の性向に、ノゾキ趣味と並んで、名誉欲がある。

名誉ということは元来〃人格の高さ、道徳的尊厳に対する賞賛〃であったはずだが、世の中というものは、人格の高さ、人間としての中身とは関係なしに名誉ヅラができるという、まことに甘ッチョロイしくみがある。

そこで人格をみがくことはそっちのけで勲章をもらうことに狂奔する手合いが出てくるのであるが、それというのも、たとえ、おとなしく寝ているネコを投げとばしたりしている男とわかっていても、いざ勲章が胸に下がると、世間というものは尊敬を払うからである。

『さて男性諸君』(エッセイ)

☘

さんざん人をクイモノにしてノシ上った男がいる。そしていう。

「しかしあの男（没落した男）はいい男ですよ。実に善良で無邪気です。いい人だがいまはああいう善人は生きにくいんだなあ」

そうしてその「いい男」は没落して再起不能、いずこへ行ったか消息不明となる。すると彼はまたいう。

「気の毒になあ。考えてみればぼくも彼にはずいぶん世話になったんですよ。ぼくが今日あるのは彼のおかげといえないこともないんです。家内にもいっているんですよ。彼のために陰膳《かげぜん》でも据えてあげなさいってね」

フグ供養の放送を聞きながら、私はこの話を思い出した。わざとらしくフグ供養なんてすることはないのだ。ユーモアもヘッタクレもあるもんか。

「弱肉強食は世のならい。弱い奴はみんな食われるんだ！」

いっそハッキリそういって食ったほうがいい。

『坊主の花かんざし（四）』（エッセイ）

今の男は、人から仰がれるよりも、人を笑わせるほうを選ぶ。だがあまり笑わせることばかり一生懸命になりすぎて、笑わせるということと、笑われるということには、たった一字だが大きな違いがあることをまちがえないでいただきたい。

『さて男性諸君』（エッセイ）

♣

今や合理主義が青年層をおおいつくし、不可能に向かって立ち向かって行くような男の生き方はムダでバカげているという思想がはびこった結果、喜怒哀楽まで、ムダかムダでないかを考えてきめる、という心のしくみになってしまったらしい。

つまり今の男は怒らないのではなく、怒れないのだ。怒るための気力、自信、主義、主張が鈍磨しているために、怒る必要がないのだ。ムダに怒ってエネルギーを消失するのはソンなのだ。怒る前にあきらめるのがトクなのだ。怒るムダを、野や山で女の子相手に「ヤッホー」などと叫ぶことにまわしたほうが楽しいのだ。

漢の高祖《こうそ》の功臣、韓信《かんしん》は、悪タレにはずかしめられたが、大望ある身、腰の長剣抜きもせで、そのマタをくぐって堪忍の大切を世に教えた。

当世韓信さんよ、マタのくぐりっ放しも結構なれど、大望のほうはいったいどうなっているんですかねえ。

『さて男性諸君』（エッセイ）

♣

小説の勉強をはじめたばかりの頃、私はある大作家が、常に手帳にコンドームを一つ挟《はさ》んでいるという話を聞いた。私にその話をした人はいった。

「これぞ男のたしなみです――」

『坊主の花かんざし（一）』（エッセイ）

♣

ずいぶん長い間、考え違いをしていたことがこのごろ、やっとわかった。男というものは女よりも強いものだと教えられ、まわりのおとなの女たちが兢々《きようきよう》として平伏《へいふく》しているのを見て育った私は、心身ともに男は強いものであると信じ込んでいた。男一人の力で妻や何人もの子供の生活を守っているのであるから、威張《いば》ってもしようがないわ、と思っていたのである。

しかしこのごろになってようやく男の強いのは主として膂力《りよりよく》であったことがわかっ

て来た。耐久力、我慢の力は女に及ばない。男は小心で、寂しがりの弱虫だったのだ。病気になった時の男の騒ぎよう、つらがりようを見ると、苦痛に耐える力がないことがよくわかる。

そのくせ何かというと女をバカにした。「女子供」と一束にいうことによって自分を高みに置いてみたり「嫉妬《しっと》」という字を女偏《へん》にしてみたり「姦《かしましい》」を女を三つ書くことにしたり……。

『日当りの椅子』（エッセイ）

☘

私の波瀾《はらん》の人生は三十年前、岐路における決断からはじまった。最初のその決断が次の決断を呼び、更に次の決断を呼んだ。そうしてその決断のたびに私は前進はしたけれども、また少なくない犠牲を作り出してしまった。今、そうして、これからもその犠牲を背負って生きる。

決断するということは、なんらかの形で犠牲を産むということだ。私はそれを知らずに決断して来た。決断に手間取る人をもどかしがったりした。

だが今になって漸《ようや》くわかった。

決断と同時に多かれ少なかれ、我々女の背にかかるものがあるということが。

多分、男性は我々女よりもそのことを知っているのだ。だからこの頃の男は、総意に頼って、決断から逃げるようになったのかもしれない。決断の結果を背負い、犠牲に耐えるだけの力を失ってしまった今の男性たちは。

『枯れ木の枝ぶり』（エッセイ）

♣

電車の中の暴漢に対して、乗客が見て見ぬふりをすることが、このところ問題になっている。

——今ごろ、なにいってんだ、と私は面白くない。自慢じゃないが、そんなことは私は二十年前からいっていた。その頃の私はまだ男をエライものと思い、夢と期待を持っていたから、意気地のなくなった男たちの覚醒を願って、懸命に警鐘を鳴らしていたのだ。

その頃から若い女性は車内の暴力や酔っ払いに悩まされていたものだが、たいていの男は居眠りのふり、本に読み耽《ふけ》るふり、考えごとに気を取られているふり、気づかぬふりをして、騒ぎを見過していた。自分の怯懦《きようだ》をごま化すためにフリをするとはなにごとか、と、私はよく怒って書いたものだが、しかし考えてみると、居眠りや読書のフリをするだけ、まだあの頃の男には廉恥心があったといえる。

今はそんな格好さえつけなくなっているらしい。新聞によると事件の際、ある学生は隣席の婦人から、「何とか助けてあげたら」といわれて「そんなことは鉄道公安官がするでしょう」と答えたという。

今は怯懦を恥じる気持さえないのだ。殴《なぐ》られている人を平気で眺《なが》めている。それが二十年前と現在との違いである。

『男と女のしあわせ関係』（エッセイ）

☘

この頃、小学校で男子に裁縫や料理を教えるという。なぜかと聞くと女のすることをしておくと、将来、家庭を持った時に妻の仕事に理解が持てるからだという。いろいろしてみなければ理解出来ぬというのであれば、子供も産んでみなければなるまい。ほんとは女房に逃げられた時の用意のためではないのン？

『愛子の日めくり総まくり』（エッセイ）

☘

男の涙は一筋、しかも風で乾かすべきものなのである。

『私のなかの男たち』（エッセイ）

今の男たちが忘れていること

♣

男が本当に強いものであれば、ことさらに女をののしり、ないがしろにすることはなかったであろう。いったい男は女の何を怖れて、このように寛大さを失い必要以上に蔑視《べっし》しようとしたのであろう？　いや、何かを怖れて寛人さを失ったのではなく、生来、狭量だったのかもしれない。

『幸福という名の武器』（エッセイ）

♣

かつて男は女の香に惹《ひ》かれる蜂《はち》だった。花が美しく身を飾れば、蜂は寄ってきて何でもいうことをきく。この女を守らなければ、と思い、得たい、尽したい、幸福にしたいと思う。女が美しくありたいのは、男の機嫌をとるためなんぞではなく、男の讃美と奉仕を受ける満足のためではなかったか。

それが男も女のようになったために、女の美しさを愛《め》でるよりも、女に愛でられたいと思うようになった。今に男が美しい女を求めるのは、憧《あこが》れを手中にしたいという欲望ではなく、自分のカッコよさを引き立てるアクセサリーとして美しい女を求めるようになるだろう。

自分を飾り、ひけらかし、どう見られるかということばかり考えはじめた時から、男の下落が始まる。修行せず、鍛練せず、力を失って行く……。

そういう私に、彼女はあっけらかんといった。

「それがどうしていけませんの？　男と女が対等で、同一線上で、お互いに美しくなって眺め合い、アクセサリーにし合い、それで両方ともに満足していれば、それでいいんじゃありません？」

いいんじゃありません？　と何の悩みも疑いもなげに可愛《かわい》らしくいわれると、そういわれればそういうものかねえ、という気になって返す言葉がなく、ま、あんたたちがそれでいいのなら、多分それでいいんでしょうよ、時代というものはそうして流れ動いて行くものなんだから……という声には力がない。

「愛でられる喜びだけでなく、愛でる喜びも加わった方がいいんじゃありません？」

と追い打ちをかけられ、

「ン、まあ、それはそうでしょうけどねえ……」

それならそれで勝手にやれ。せいぜいフヌケを愛でいつくしめ！　そんなことをいってると今に、腰抜かした男を担いで逃げなきゃならんようになるぞ。その時のためにせいぜい腕力を鍛えておいた方がいいでしょうよ！

『何がおかしい』（エッセイ）

☘

男はいう。女がのさばってきたから、男は引っこまざるをえない、と。

しかし、ふしぎでならぬのは、そういいつつも男は女ののさばりを阻止しようとはなさらぬことです。かつての女のように、ただぐちをこぼしてあきらめておしまいになることとです。

「いやあ、女というやつはどうにも手に負えないよ。対等でやり合うのはバカバカしいし、捨てておくと増長するし、高圧的にやるとさわぎが大きいんでこっちがマイってしまう。まったく女子と小人は養いがたしとは至言だねえ……」

とかなんとか、えらそうに気どっていってみているけれど、その実相は男に意気地がなくなったという、簡単明瞭《めいりょう》なことじゃありませんか？

ヨロイカブトをぬいだとたん、日本男子はことごとく平和主義というコロモをおっけになった。暴力はいかん、争いはいかん、何でもかんでも平和、平和、平和だ。

女を統御できぬのも平和のためなら、女房のかわりにさらを洗うのも平和のためだ。

平和ということばを呪文《じゅもん》のごとく唱えて、臆病、卑怯《ひきょう》、無責任、意気地なし、懶惰《らんだ》、もろもろの悪徳を通用させる。そうしてヌクヌクしていられるんですから、女にやさしさがなくなったことぐらい、ガマンなさいよ。

『さて男性諸君』（エッセイ）

☘

男に負けずに女が意見を述べれば〝ヒステリー〟呼ばわりし、高嶺《たかね》の花は〝お高くとまってる〟と顔をしかめる。お高く見えるのは、自分がお低いせいであることがどうやらおわかりにならぬらしい。

では彼女たちのどれもが気に入らぬのかといえば、決してそうではなく、何かのはずみでニッコリ笑いかけてもらったり、背中をポンとたたいてもらったりすれば、たちまち評価は変わり、きのうの〝ヒステリー女〟はきょうは〝話のわかる女〟に早がわり、彼自身もアレヨアレヨというまに、女ギライから、ニヤニヤ氏へと変貌しているという次第となる。

『さて男性諸君』（エッセイ）

☘

男は平気で道理や矛盾を飛び越えることは出来ないのである。それをする為には男性は、渾身の勇気を奮い起さなければならないが、女には勇気などいらない。反射的にパッと飛び越える。それだけだ。

男が女を怖いと思っているのはおそらくその力であろう。男は女自身よりもそれをよく知っている。

『老兵は死なず』（エッセイ）

♣

今の男は、愛する女を手に入れるために、男として人間としての資質をみがき、奮励努力して男の魅力を身につけることを忘れ果てている。

おどろいたことには、女のごま化し方、捨て方がうまいというので仲間から感心されている男がいる。

「無能で怠け者なのに、女だけはひっかけるのがうまい」とか、

「あのツラでよくねぇ……」

とか、ナミでないことでかえって実力者としての栄誉を与えられたりしているのも、男の世界ならではのバカバカしさであろう。

もっと嘆かわしいのになると、ゴリラ並みの性欲をもっているということが自慢、

かつ一目おかれるもとになっていたりする。
なさけなきかなその人生、あわれなるかなその理想。ああ、男の情熱は今いずこ。男の男たるゆえん、男の男としての誇りは、その精神を去ってついに下半身に集中せられたるか。

『さて男性諸君』（エッセイ）

♣

女はムキになるので滑稽《こっけい》になる。では男はムキにならないから滑稽にならないか？いや、ムキにはならないが、ムキにならぬだけに何となく男は間が抜ける。その間が抜けたところに男のユーモアが存在する。

『朝雨　女のうでまくり』（エッセイ）

♣

私の小説の弟子（？）であるM子は、男に別れ話をもち出したところ、いきなり泣きはじめたので呆気《あっけ》にとられましたと話していた。その恋人はヒゲを生やしていたが、涙と共に流れ出た水バナがヒゲについて糸を引き、彼女は憤然としてティッシュの箱を投げつけ、という。

「拭《ふ》きなさいよ！」

言葉鋭く叫べば、ヒゲさんは泣く泣くティッシュを取り出して涙とハナ水を拭いた

「その人には泣くなというよりも、ヒゲを生やすなというべきね」

ともう一人の弟子（？）のK子がいったが、何という痛烈な皮肉であろうか。今の男に「泣くな」といってもしようがない。泣けてくるのを止められないという意志薄弱であれば、せめてヒゲを剃らせるしかない、というのである。

ま、考えようによっては、三十にもならぬ女がそういう痛烈なことをいうようになったのであるから、男が泣いても不思議はないかもしれない。男が泣かなかった時代の女は、泣く男を見れば胸つぶれてものもいえず、ああどうしよう、お気の毒。男の方がお泣きになるなんて、よくよくのこと……と貰い泣きしたものだ。

「よくよくのこと」でもないのにやたら男が泣くようになったので女が泣かなくなったのか。女が泣かなくなったので、男が泣くようになったのか。どっちが先だろう。

昔は「女は何かというとすぐに泣くから厄介《やっかい》だ」と男たちはいったものである。しかし今は「男はすぐ泣くからイヤになる」と女たちはシラけている。

『憤怒のぬかるみ』（エッセイ）

［第八章］子供を威張らせてはいけない

――「子供の世界」を無力にしたおとなたち

子供をひ弱にしたのは誰だ！

☘

「子供というものは本来、本能的なものだよ。腹がへればすぐに食いものに向ってすぐに手を出す。身を守るために大声で泣き叫ぶ。生きようとする無垢《むく》なエネルギーが漲《みなぎ》っている生物《いきもの》なんだ、子供は。絶望はおとながするものであって、子供は絶望して死んだりしないものだった。それが今は絶望して自殺するようになった。生きるより死ぬ方が楽だと思うようになった。いったい、なぜなんだ……」

丈太郎は答を求めるように康二を凝視した。

「なぜなんだ？　子供の生物《いきもの》としての本能が衰弱してる。わしはそうとしか思えんのだよ。学校が悪い、家庭がどうのというような現象的な問題じゃないよ。子供の戦う力、生きようとする逞《たくま》しい力が衰弱している、それを何とかせねばいかんのだ。自信をなくしただの、ＰＴＡがどうのといってる場合じゃない。一旦《いったん》教育者として生きようと決めたからには、今踏ん張らなくてどうするんだ」

『風の行方（上）』（小説）

♣

美保は改めて子供という存在を哀れに思う。子供は親の暮し方の飛沫《ひまつ》を浴びて育つ。いや応なくしぶきを浴びる。親は自分が浴びせているものに気がつかないで、叱《しか》ったり、心配したり、心配させられることに腹を立てる。子供は抗弁《こうべん》の手だてを知らないから、ただそれを受けるだけだ……。

『風の行方（下）』（小説）

♣

おとなは子供にとって手も届かず、歯も立たない権力者であり、時としては子供の敵でさえあった。それで子供はおとなを困らせることを考えたり、からかったり、わるさをしては逃げた。子供の中にはそれを生き甲斐《がい》としていた子供もいるくらいで、おとなはおとなでそんな子供らを目のカタキにして追いまわして叱《しか》った。それを趣味としているようなおとなもまたいたのである。

その頃はおとなと子供の世界は分けられており、子供は子供の世界で、おとなの世界からの圧迫によって鍛えられたのではなかったか。

今はおとなも子供も同じひとつの世界で和気あいあいと暮している。おとなは子供をより深く理解しようと努力し、子供はそれに安心じて小型のおとなになった。

しかし、刃むかう相手がいない和気あいあいが私には何となく面白くない。子供は退屈じゃないのかしら？　いたずらっ子を怒鳴れなくなった今のおじいさんも、また退屈だろうなあ。

『男の学校』（エッセイ）

♣

昔のおとなには実にうるさいのが沢山いた。道でキャッチボールしていると、

「こら、通行の邪魔だ、向うでやれ！」

と怒るじいさん。日が暮れてもまだ表で遊んでいる子供を見ると、

「早く帰りなさいよ、日が暮れてるのに子供がほっつき歩いてるもんじゃないよ」

と叱るおばさん。

「そこの学生、もういい加減に帰れ！」

とすぐ追い立てるそば屋の親爺《おやじ》などがいて、世の中のおとな全部で子供を鍛え叱り、ものを教えたものだ。

この頃のおとなは何もいわない。何もいわないから、子供はそれでよいと思っている。若者の無智はおとなのガマンのせいなのだ。文句いわずにガマンして、かげでブ

ツブツ悪口をいっているところは、今のおとな、ひと昔前の「日本の女房」みたいになって来た。

『男友だちの部屋』（エッセイ）

♣

親に怒鳴られ追いまくられ、オモチャを買ってもらえないので仕方なく竹を切って竹トンボを自分で作る――そんな子供よりも、お盆の上に乗せたフォークつきのリンゴを運んでもらい、鉛筆は電動で削り、ナイフは使えず、木にも登れず、殴《なぐ》り合いの喧嘩《けんか》もせず、いつも小綺麗にして勉強机に向かっている子供の方が倖《しあわ》せだと子供自身はいうに決まっている。リンゴの皮も満足に剝けないということは、私の年代にとっては驚くべきことなのだが、子供たちにはそれは何のふしぎもない、当たり前のことなのである。時代は人によって作られ、また人は時代によって作られる。

『幸福という名の武器』（エッセイ）

♣

「いかなることがあろうとも、暴力はいけないと思います。暴力を認めるような発言は以後つつしんでいただきますように。私の子供は小学校五年の男の子ですが、暴力否定を教えて来ましたためか、まだ一度も喧嘩をしたことなく、妹を可愛がり、気持の優しいいい子に育ってくれています」

それを読んで私は「大丈夫ですか?」といいたくなった。小学校五年にもなって、一度も喧嘩をしたことのない男の子なんて、病人ではないのか?

病人ならわかる。わかるし、それがよい、と思う。つまり喧嘩するだけのエネルギーがないと考えれば納得出来る。それが彼らにとっての「自然」なのであるから。

しかし病人などではなく、健康な少年であるとしたら、彼が一度も喧嘩をしたことがないというのは「不自然」だ。

走る、飛ぶ、大声を出す、壊す、暴れる、そして喧嘩。

子供たちは絶え間なく燃えているエネルギーをこういう形で発散し、消化し、それによって調和を保って成長して行くものではなかったのか。昔のおとなは子供とはそういうものだと理解していた。しかし今は、何であれすべて「暴力」は「悪」として否定される。そういう教育をおとなたちがほどこす。殴り殴られる喧嘩によってエネルギーを調節していた子供は、今は何によってエネルギーを発散させればいいのだろうか。

あるいはこの頃問題になっている学童の「イジメ」は、出口を失ったエネルギーが内攻して澱《よど》んで醱酵《はっこう》し、陰湿な苛《いじ》めの形をとって出て来ているのかもしれないと私は考える。「子供の自然」を抑え込んでおいて、おとなたちは、苛めに対する教師の注意が足りないといってなじったり、いや、親の放任の責任だと責めたり、右往左往して困っている。

「子供の自然」とはどういうことかということさえわかろうとせずに、ひたすら途方に暮れている。しかしそれも無理はないかもしれない。おとな自身がどんなふうにして「人間の自然」を回復させればいいのかわからなくなっているのだから。

『何がおかしい』（エッセイ）

☘

今の子供は幸せだよ、それにみんな素直でいい子だ、と阿部老人はいった。

「昔のワラスは悪かったからなあ。本気でブチ殺してやりてえと思うようなわるさをする奴がいたもんだ。だがこの頃のワラスはそりゃ、利《き》かねえのもいるけど本気になって追っかけ廻《まわ》したくなるようなのはいねえからなあ。今のワラスはアタマいい。すぐ理屈こねてくる。勉強はきちんとするし、みんないいワラスッコたちだと町から来た先生は喜んでいんますなあ」

「みんないい子か……」

丈太郎は考えた。みんないい子というのが問題なんだ……。子供が子供として自然に育っていれば、おとなの気に入るようないい子になるわけがないんだ。

「子供が持っている活力というものはそれは強烈に燃えていて、いい子でいられるほど弱くはない。押えても押えても跳ね返して伸びる蓬《よもぎ》のようなものでね。昔の子供は叱られても殴られても懲りずにわるさをしたものだが、あれが本来の子供の姿じゃないのかね。今の子供には活力がない。わるさをしないのはそれが衰弱している証拠だ。子供の自然が損なわれずに育っていれば、必ず親や教師は手子摺《てこず》る筈《はず》だ。もっとも昔も模範生といわれるようなおとなしいのがいたが、そいつはどっか病身だったなあ」

『風の行方（上）』（小説）

☘

「子供は三つの顔を持っている。親の前、教師の前、友達の前……」

叔父さんの声が流れていた。

「どこで自分を出しているのかわからない……それに悩むんです、教師は」

『風の行方（下）』（小説）

☘

私には「登校拒否症」の子供の気持はよくわかる。子供の現実には、子供なりに耐え難いことがいっぱいあるのだ。おとなにとっては何でもないことだが、その子供の感受性には耐え難いことが。虐《いじ》められるのも辛《つら》いが、「あの子を虐めるな」とおとなにしゃしゃり出られ、守られるのも辛いのである。

おとなは自分の感受性や常識、洞察や分析などを総動員して子供に励ましや慰めを与えようとするが、その言葉は苦しんでいる子供には何の足しにもならない。子供は苦しんだ果てに、自分の力でそれを越えるしかない。私がどうにか辛抱して学校を休まなかったのは、「どんな人間でも学校だけは行かなくてはならない。学校へ行けないのは（人間として）恥かしいことなのだ」というばあやの言葉だったと思う。

『淑女失格　私の履歴書』（エッセイ）

☘

幼い頃、虐《いじ》めっ子に泣かされたこともなく、親の勝手な感情で殴られたこともなく、木登りに失敗して怪我《けが》をしたこともなく（昔は、怪我をするようなことをしたといって親に叱られた）、ガキ大将になったことも、家来になったこともなく、「踏んばって辛さに耐えてみせる」ことなど経験したこともない子供は新しい現実に馴《な》れることができずに、ひとり苦しむ。学校へ行くのがイヤになる。昔の子供なら屁《へ》でもないことで、今の子供は傷つく。一旦《いったん》傷つくと癒《いや》すすべがわからず落ち込んでいく。

登校拒否は今は特殊のことではなく、十人に一人というありふれた現象になっているそうだ。つまりそれだけ我慢の力が弱い子供が育っているということだ。それは親の責任だ。鍛えていないからそうなる。

社会に出ればどんな虐めや理不尽《りふじん》が待っているかしれないのである。その社会に対応するために学校生活があるとすると、可哀そうなどとはいっていられない。可哀そうなのは幼時に理不尽に耐え、闘い、乗り越え、耐える力を育てられなかったことではないのだろうか？

『死ぬための生き方』（エッセイ）

♣

子供は、人間が作った唯一つの自然である。それは一本の木、一輪の花が、光を受け風にそよぎ雨に打たれているように存在しているものだ。

『三十点の女房』（エッセイ）

親が子供に尊敬されないで教育は出来ない

♣

社会に生きるということはこれ、差別の場に入ることである。知的能力のない者とある者との間には劃然《かくぜん》たる区別があることは、現社会に生きる我々が一人残らず身に染みて知っていることではないか。やがてはその社会に打って出る子供たちを、なぜ差別から守って育てなければならないのだろうか？　なぜ差別に対する耐性を育てようとしないのだろう？

『憤怒のぬかるみ』（エッセイ）

♣

どうも今は、教師たちが皆「差別」という言葉に怯《おび》えすぎています、といった人がいる。何かというと「差別だ」と文句をつけられるものだから、それをいわれまいとして、小手先の弥縫策《びほうさく》を弄《ろう》し、ことなかれ主義になっているのである。悪いのは教師ではない。差別差別と騒ぐ人です、という。

悪いのは教師じゃない――。確かにそうかもしれない。しかし教師に定見がないことは事実であろう。

『憤怒のぬかるみ』（エッセイ）

☘

「同じような生活環境、同じような目的意識、同じような食生活、そして同じ価値観――それが同じ顔を作ったのであります。今の若者は現実の豊かさに充足するあまり、社会や人としての生き方に理想も疑問も持ちません。もし個性的に生きようとすれば今の社会では落ちこぼれになってしまうことを知っているからです。もしもここに理想を高く掲げて、それに向おうとする若者がいたとしたら、彼は理想と現実生活の相《そう》剋《こく》に苦しまなければならないでしょう。そしてその解決は妥協と譲歩にしかないとすれば、迷わず妥協するのが賢い道であると彼らは考えます。いや、それよりももっと簡単で賢明な道は、最初から社会正義や理想などというものを持たないことだ……。若者たちはそう考えた。殆《ほとん》ど本能的にです。そうしてその道を選びます。思考することを放棄した。何も考えず、流れに乗って流れて行けば一番らくだということを知った。そうしてその結果、ものを考えたことのない顔、あの顔もこの顔もみな同じ、区別のつかない血統書づきの犬、コッカスパニエルやマルチーズになったのであります……」

『メッタ斬りの歌』（小説）

千葉県のある小学校では、運動会のかけっこは「ランク別」制を取り入れることにしたのだそうである。

即《すなわ》ち児童一人一人の体力を測定し、そのタイム何秒から何秒までは第一グループ……と分け、早い者は早い者同士、遅い者は遅い者同士、中間は中間同士で走らせるというのである。

しかし、と私は思う。

早い者グループのビリの子供はいい。

「ボクが中間組に入って走ればトップだ」

と思えるからだ。中間組のビリもいい。

「遅組《おそぐみ》に入ればボクだって勝てる」

と思うことが出来る。

しかし遅組のビリはいったいどう思えばいいのか。彼は誰が見ても（自分で考えても）クラスで一番のビリケツということが明らかなのである。

そのたった一人のビリケツのために涙を注ぐ教師はいないのか？

人間というものはどうして出来て行くのか。

人間の成り立ちについてもっと深く考えてもらいたいものだ。

体力測定？

能力測定？

そんなワクをはめこまれた子供がどうして逞《たくま》しく伸びて行けるだろう。そうして育った子供たちが成長した暁には結婚に際しても性的能力の測定を受けてから、相手を決めるということになりかねないのである。

『憤怒のぬかるみ』（エッセイ）

☘

名門校へ入れるよりも、子供の好きなことを伸ばしてやるのが肝腎《かんじん》です、と話してる講師に、聴衆の教育熱心な母親たちはわざわざメモをとったり、もっともらしく肯いたりしているが、子供の好きなことを伸ばしてやろうにも、「好きなこと」がのらくらゴロ寝してマンガを読んでいることであったり、オートバイで走り廻ることであったりする時は親は途方に暮れるのである。

「好きなことを伸ばしてやりたいと思うんですけど、その好きなことというのがないんです。その時はどうすればいいんでしょう？」

そう訴えたいと思いつつも、講師のもっともらしいいい方に圧《お》されて、何となくわかったような気分になって（わからなければいけないと思って）肯く。そんなところが困るのである。

『男はたいへん』（小説）

♣

「親が子供に尊敬されないで、どうして教育が出来るかってことだよな」

『バラの木にバラの花咲く』（小説）

♣

なぜ皆と同じでなければいけないのか？

あるお母さんにそう訊くと、「同じでなければサベツされる」という答が返ってきた。サベツはイジメに通じ、イジメは劣等感につながる。子供に劣等感を与えたくない、サベツ、イジメから子供を守らなければならない――。それが親が何より大事な問題として考えなければならないことだといわれた。

そこで又、私はふしぎに思う。

劣等感のもとを排除することよりも、劣等感と戦いうち克《か》つことの大事さをなぜ考えないのだろう。なぜそれを教えないのだろう。人間、生きている限り、何らかの形で劣等感はやってくる。劣等感は人が成長する過程に必要な「毒」あるいは「病気」である。子供の幼い弱い身体はハシカや百日咳《ひゃくにちぜき》を乗り越えることによって成長し、強くなっていくのだというが、劣等感は心のハシカや百日咳であろう。

しかし今はワクチンの力でハシカや百日咳を抑制する。同様に劣等感のもとになるものも排除しなければならないとされている。

そうして今の子供はひ弱だ、がんばりの力がない、何も出来ない、といって歎いている。自分でひ弱にしておいて、ひ弱ひ弱と心配している。

ふしぎなことは、「教育熱心」とされているお母さんほど、そうなっているということである。

『こんな女もいる』(エッセイ)

☘

立派な教育論ほど、凡婦には実践出来ないように出来ているものなのである。

『娘と私の時間』(エッセイ)

「今の教育は知識を与えることに重点が置かれています。情操を養うなどと口ではいっても、こう知識優先では本ものの情操が育つわけがありません。今は優しさが尊ばれている時代ですが、この優しさというものだって甚《はなは》だ心もとない優しさであります。人は優しくなければいけないということも知識で弁《わきま》えている優しさのように私なんぞは感じる。自然の感情として湧《わ》き出てくる優しさではなく、優しくなければいけないから優しくするという、そういう優しさです。優しさ優しさと二言目にはいいながら、あちこちで陰湿なイジメが行われている。昔ならイッパツ殴って殴り返され、それで気がすんだことを、陰に籠《こも》ったイジメがグズグズとつづく。

これはどんなことがあっても暴力はいけないという観念を植えつけられたためです。私はそう思う。だがこういうことをいうと、すぐに教師が暴力を容認していいのか、と吊《つる》し上げにやってくる手合がいます。優しさ、暴力反対、そんなお題目を唱えているうちに優しさとは意気地なしであり、日和見《ひよりみ》主義であり、事なかれ主義の代名詞のようになってしまうでしょう。友情、感謝、尊敬、博愛――。かつての教育はそれらを育てました。だが今の知識優先の観念教育はいったい何を育てるのか。今の知識は人間をスポイルしている。私の考えは極論でしょうか。人間として何が大切か、それを教え育てようとしない教育はもはや教育ではない……」

♣

今、康二は思う。オレたちにはエネルギーを発散する手段がいくらでもあった。おとなは平気で子供を殴った。子供はへこたれないで悪戯《わるさ》で対抗した。そしてそこでエネルギーの調節が行われていたのだ。叱られても叱られてもへこたれない子供は、エネルギーが湧き立っていたのだ。だから殴られることなんか平気のへーザだった。殴られることがわかっていても、おとなを怒らせることをした。せずにはいられなかったのだ。

今は落し穴を掘るにも掘る場所がない。第一、今の子供は落し穴に誰かを落したいという気持がない。そんなことをして何が面白いんですか、と訊いた生徒がいた。幼稚だったんだ、という者もいた。教師は権威を持っていたから、それが落し穴に落ちると痛快だったのだ。権威がなくなった教師や父親が穴に落ちる姿は、痛快どころかただただ憐れなのだ。

何だかしらんがイライラしたり、クヨクヨしている者がいたら、オレが許すから取っ組み合いをしてみろ。殴りたければ殴ってもいいぞ……。

生徒に向って康二は何度かそういいそうになった。子供たちのエネルギーを調節してサッパリさせてやりたい。偏差値みたいなものを気にすることはない、といって出来ない生徒を励ましてやりたかった。

だがそんな康二は教師として失格なのだった。

『風の行方（下）』（小説）

☘

「ぼくが教師をつづけるということは、考えることをやめて、その日その日を荷運びのロバみたいに俯いて、一足一足歩いて行くことなんだ。顔を上げて空の遠くまで見ることを断念して……」

叔父さんの声は慄えてと切れた。おじいちゃんは木彫の胸像になったように、唇をへの字にしたままだ。

「お父さんの幸福はね、子供を叱りたいように叱れたということだよ。ぼくらは叱りたくても叱れない。叱る前にまず、考えなくちゃならない。叱ることの意味と気持を生徒はわかるだろうか、とね。それだけじゃない、父母はどうだろう？　理解するだろうか？　校長は？……と。そうして叱るのをやめる。どうせわからないだろうと思うからね。価値観が根底から違うんだから」

叔父さんは両手で顔をこすり、それから髪の毛の中に両手をつっこんでガリガリと搔《か》き廻した。

「我慢、我慢、我慢……我慢が重なってある日、プッツンして松の廊下の浅野《あさの》内匠頭《たくみのかみ》になってしまう。するとマスコミは鬼の首でも取ったように書き立てる。体罰だ、暴力だ、とね……」

『風の行方（下）』（小説）

♣

「おじいちゃん、ぼくね……」

「なんだ」

「ぼく、ワキ固メされた時、助けてエっていっちゃったの。それを女の子が聞いて先生を呼びにいったの。ぼく……それで……」

「何なんだ……」

「やられた上に助けて、っていっちゃったの……羞《はず》かしくて……」

「つまらんことを気にするな。そんなことは恥でも何でもない。吉見は正義のために戦ったんだ」

「でも、助けてっていっちゃったんだ。弱音を吐くなっておじいちゃん、いったでしよう」

「子供は無理をすることはない。それでいいんだ。威張ってろ」

「ほんと？」

「本当だ。腕が抜けるまで戦った。立派なもんだよ」

おばあちゃんが何といおうと、吉見はおじいちゃんが好きだ。おじいちゃんのいうことは時代遅れどころか、ギャッコウしてる、とパパはいった。だが吉見はおじいちゃんのいうことを聞いていると元気が出てくる。おじいちゃんはいった。

「学校へ行ったら腕を抜いた奴に話しかけてやれ。何もなかったようにな。向うはクヨクヨしてるにちがいないんだ。それを救ってやれよ。それが勇者のすることだ」

『風の行方（下）』（小説）

♣

いくら打ちかかって行っても、ビクともせずに立っている先生を吉見は心から尊敬した。

「人間の幸福のひとつに、心から尊敬する人物を持つということがある」とおじいちゃんがいったことを思い出した。以前、青柳先生が「みんなはどんな人を尊敬していますか」といった時、吉見は答えられなかった。加納くんはマハトマ・ガンジーと答えていたが、吉見はガンジーってインドのえらい人ということのほかは何も知らなかった。永瀬は「福沢諭吉《ふくざわゆきち》」といい、なぜ尊敬するのかというと「一万円札に出てるから」といったのでみんな笑った。「夏目漱石《なつめそうせき》は千円だもんな」と加納くんがいった。吉見はみんなと一緒に笑ったが、ほんとうは福沢諭吉がどんなふうにえらいのかも知らなかった。

今ならはっきり「扇谷平九郎先生です」といえるのに、と思う。扇谷先生は剣道範士八段で、ぼくの剣道の先生です……。

——剣道の先生のどういうところを尊敬するの？ と青柳先生はいう。ぼくは答える。

「打っても打ってもビクともしないで立っているからです」

そんな答でわかってくれるだろうか？ わからないかもしれない。みんなは笑うかもしれない。だけど吉見は平九郎先生を尊敬する。心からそう思う。その姿を見ると自分も今にあんなになろうと思う。それが尊敬ということじゃないのか？ ガンジーを尊敬するといっても、加納くんはガンジーになろうと思うのか？ ただ遠くから見てエライ人だと思っているだけでは、本当の尊敬じゃないんじゃないのか？

「学問を頭に入れるよりも身体《からだ》に入れるウツワを作れ」

と先生はいった。

「ここに一本の樹木がある。枝がつき葉がつき花が咲く。実がなると人は喜ぶ。しかし剣道は実をつけることを目的にするのではない。根だ。剣道は根を育てる。人間形成に役立てることによって剣道は立派になっていくのだ」

先生の言葉は吉見にはよくわからない。わからなくても、聞いていると先生の気魄《きはく》が伝わってくる。何か自分が清々《すがすが》しいことをしているような気がしてくる。吉見は気が弱いとパパやおばあちゃんによくいわれてきたが、今に根を育てるぞ、という決心が湧いてくる。

「大庭はドンだが真剣なのがよろしい」

と先生がいってくれたのが吉見は嬉しい。

『風の行方（下）』（小説）

☘

丈太郎は大声を上げた。

「世も末だ。子供は体験授業で田植をし、田圃ではじいさんばあさんが曲った腰で苗を植えてる！　なぜ手伝わせないんだ！」

「すけろといってもやんねえべ。第一すけろという親がいねえ。じさまとばさまは何もいわねえ」

この村の学校には何の問題もないと聞いた時、何やら釈然とせぬ思いがしたのはこれだったのだ。丈太郎は漸《ようや》く気がついた。彼はこの村に手に負えない腕白や勉強嫌いや貧しさのために十分な勉強が出来ない子供たちがいると思い、その子たちのために役に立とうと意気ごんでいたのだ。しかし子供たちには問題はなかった。みんな「いい子」だという。

だがそのいい子たちは田植を手伝わない——。

「手伝わない」のではなく、おとなたちが「手伝わせない」。勉強をするのが子供の仕事だと親は考えているのだと阿部老人はいった。

いったいいつからなぜ、どういう根拠でそうなったのか。教育とは勉強させること、勉強とは知識を詰め込むことだけ、それが正しい教育だといい出したのはいったい誰なのか？

「田圃に入って自分の手で苗を植えれば、じいさんばあさんの苦労がわかるんです。それがわかれば自然、いたわりが生れる。じいさんばあさんはえらいなあと思う。それが感謝や尊敬に育っていく。だが今は優しさも感謝も観念でしか身につかない。何かというと思いやりだ、優しさだ。わしはそんな空念仏《からねんぶつ》を読んだり聞いたりするとムナクソが悪くなるんですよ。身体《からだ》で辛さや痛さを経験したことのない者がまことの思いやりや優しさを持てるわけがないんです」

［第九章］母よ、父よ、自分の信条を子供に伝えよ

――そうして子供は人生を戦う知恵を体得する

母親の心がけとは?

☘

私は苦闘に見舞われるたびに楽天的になっていった。貧乏は、実際に経験したことがないうちは、怖ろしいものであった。しかし実際に経験してみると、それは楽しいものでは決してないが、想像していたほど悲惨なものではなかった。

また借金取りというものも、会ったことがない間はやはり怖い存在だった。しかし実際につきまとわれてみると、怖いというよりは情けなく、いやらしく、そして滑稽《こっけい》に見ようとすればいくらでも滑稽になるものであることを知った。実際、たかが金のために大のおとなが目の色を変えてわめきまくるというのは本人が必死であればあるほど滑稽なことなのである。

私は娘にそういうものの見方を教えておきたいと思う。ちょっと価値観を変えれば様相は一変するのだ。それは悲境をくぐり抜ける私の唯一の防禦《ぼうぎょ》手段だった。

私のことをあなたは楽天的でいいわね、と人はいう。しかしもとから楽天的な人間だったわけではない。悲運が私を楽天的にした。そう考えると、悲運だからといって歎《なげ》き怖れることもなくなって来る。このことも私は娘に教えておきたいのである。

『枯れ木の枝ぶり』（エッセイ）

♣

母親よ、自分の目で子供を見、自分の耳で子供の声を聞き、自分の頭で考え、判断せよ。

『死ぬための生き方』（エッセイ）

♣

時々私は思う。もし我が娘が世を騒がせるような不始末をしでかしたとしたら、人はいうだろう。とにかくあの母親は頑固で子供の気持なんかぜんぜんわかろうとしなかったのですから、と。それを知りつつ、自分の信条を子供に伝えようとせずにはいられない。結果はどうなるかわからない。だが子供を育てる楽しみはそういうことにあると私は思っている。その楽しみがなくて、厄介《やっかい》きわまる子育てなんぞ、どうして出来ようぞ。

『枯れ木の枝ぶり』（エッセイ）

我々母親は色んなことを自分流に思い込んでしまっているものである。子供にとって何が困るといって、この母親の思い込みと自己満足ほど困るものはないのではあるまいか。自分は子供を深く愛し、子供のために尽し、誰よりも子供をよく理解し子供の将来の幸福を一生懸命に考えている存在であると堅く思い込んでいることは、よくよく分析してみると、彼女は子供を深く愛していると思いこんでいるだけで本当は自分自身を深く愛し、子供のために尽しているように思い込んでいるが、本当は自分の好きなようにしているだけで、子供を理解しているつもりだが、それは自己流に解釈しているだけなのかもしれないのである。

『愛子のおんな大学』（エッセイ）

♣

ある時、デパートの食堂で六歳くらいの女の子がシクシク泣いていた。若いお母さんが横あいからいっている。

「泣いてるだけじゃわからないじゃないの、いいなさいよ、理由を。え？　何なの？　何なのっていったら……へんな子ねえ、いつもこうなんだから……」

お母さんはプリプリして、小学校高学年の姉らしい女の子をふり返った。

「この子、なんで泣いてるんだと思う？」

「——知らない……」

姉の方は無関心に答えて大事そうにアイスクリームをなめている。

「へんな子……わけわからずにすぐ泣くんだから……。ママはそんな子、キライよ」

私はその子に心から同情した。どうして、どうして、とおとなはいうけれど、どうしてそうなるのか、自分でもわからない。

——わからないが泣けてくる。わからないが恥かしい。それがわかるくらいなら、苦労はしやしない。人に説明出来るくらいなら泣きはしないのだ。

私はその子の代りに怒ってるお母さんにそういってやりたかった。しかしたとえそういったとしても若いお母さんは多分納得しないだろう。人は母親になるとなぜか自分が子供だった頃のことを忘れてしまうのである。

『何がおかしい』（エッセイ）

♣

考えてみれば、私も若い母親だったころ、当る相手がいないので子供に当ったことがある。ただ忙しく立ち働いてやりくり生活をしている時は、母親は子供の心を思いやる暇がない。同じことをしても、ひどく叱《しか》られる時と、簡単に叱られる時とある。母親の方は無意識なのだが、子供は覚えていて混乱するのである。

子供の方にしてみれば、母親に理不尽を感じることは始終であろう。しかし、それを表現するすべを知らないので、ただ、

「ごめんなさーい」

といって泣くばかりである。

「よいお母さん」というものは、多分、そんな時の子供の心が解る人なのであろう。叱り方にムラのない人なのであろう。

だがそういうことも、五十歳になってやっと解る。情けないことには子育ての時期を通り過ぎてから解るのである。

『丸裸のおはなし』(エッセイ)

☘

赤ちゃんは生後半年になるかならぬくらいであろう。大木にセミが止ったという具合にリンゴ模様のシャツの背にくくりつけられている。

前から見た時に赤ちゃんをおぶっていることに気がつかなかったのは赤ちゃんの顔が肩のところから見えていなかったためなのである。ということは、赤ちゃんがずり

下がっているためもあるが、ひとつには若いお母さんが反り返って歩いているためもある。

私はある種の感慨《かんがい》にうたれてその姿を眺《なが》めた。かつての母親というものは、赤ちゃんをおんぶするときは、必ず赤ちゃんの居心地がいいように前かがみになったものである。手を後ろへ廻《まわ》して赤ちゃんがずり下がらないように支え、ゆすり上げていたものだ。それがこのお母さんはそっくり返っている。左手はだらりと横に垂れ、右手は何と、煙の立ちのぼっている煙草《たばこ》を持っているではないか。その手が口もとへ行くと、プワーッと頭の上に煙がひろがった。

この若いお母さんは赤ちゃんをおんぶして煙草をくゆらせつつぶーらりぶーらりそっくり返って散歩をしているのである。いよいよ新母親像が現れたのであろうか。自分の居心地のために赤ちゃんの居心地を忘れている母親が出て来たのである。よく見ると赤ちゃんの服も夫婦とお揃《そろ》いのリンゴ模様である。ふと、私は涙ぐましい気持になった。といっても、この親子のつつましい幸福に対してではない。ついでのようにお揃いを着せられてぶら下がっている赤ちゃんの孤独に対して、である。

『朝雨　女のうでまくり』（エッセイ）

☘

世の中の母親というものは、子供の帰りが遅いとたいてい腹を立てる。なぜ腹を立てるかというと、心配するからである。子供の中には、帰りが遅いといって親が怒るのは、親の権力意識にほかならぬなどと不平を洩《も》らす人もいるが、決して権力意識などという大仰《おおぎょう》なものではない。

親は常に子供のことが心配でたまらないのである。心配が嵩《こう》じると、心配は変質して怒りとなる。

勝手に心配して、勝手に変質されたのではたまったものじゃないわ、と私も子供の立場であった頃は思ったものだ。しかし今は親の立場であるから、心配が嵩じて怒りとなるのは当然だという気持がある。

つまりそれが親というものなのだ。もしも我が子について何ひとつ心配せず、怒らぬ親がいたとしたら、それは親ではない。親とはそういう愚かな部分を必ず持っているものであって、賢い親など、そうザラにいるわけではないのである。

「感情を抑制して子供を教育しなければいけない」

などということをいう人がいるが、親子の間でなにゆえ感情を抑制してつき合わなければならないのか。安心して感情をムキ出しに出来るのが肉親というもののよさではないのだろうか。私はそう思っている。

『娘と私の部屋』(エッセイ)

美保から事情を聞かされた吉見は、父につくか母につくかと訊かれて、答えた。

「ぼく、ここにいる。鍵《かぎ》ッ子になるのはイヤだ」

子供は必ずしも母親を追うものではなくなった。もはや母と子の関係も変化しつつある。妻が夫に隷属していた頃の母子は密着していた。子は母の一部分だった。だが母親が自分の人生を歩こうとしはじめたことによって、子供も自立したのだと美保はいった。

『凪の光景（下）』（小説）

♣

私の娘のいいところは、ノミコミがよいことである。遠慮気がねなくムチャクチャをいえる。ムチャをいっても動じない訓練が出来ている。

この頃、娘は私が怒り出しかけると、

「ほらほら、ママ、ごらん。あの花、きれいよォ」

とか、

「ほうら、蝶々蝶々……」

などいって気持を逸《そ》らさせることを覚えたようである。

「なに？　蝶々？　どこ？」

とつい乗ったりするところが私の善良なところで、よく考えてみると、

「ほらほら、ワンワンよ、ワンワンチャンよ。シーコココココ」

赤ん坊ナミにあつかわれている。

え？　なに？　そんな我儘《わがまま》なお母さんを持った娘は可哀想だって？

だからあなた方は考えが浅薄だというのだ。

こういう母と対していれば、将来どんな夫、どんな姑のもとでも務まるであろう。

これも私の教育の一環、娘の将来を思えばこその鍛練なのである。

『娘と私の部屋』（エッセイ）

☘

私は性教育というものがニガテなのである。私は何ごとも明快率直なことが好きだが、このことばかりはあまり明快を好まない。明快にしてしまうと、何だか面白みがなくなっていくような気がしてならないのだ。女の子が男の生理について知り尽くし、男の子が女の生理について知悉《ちしつ》しているということは、必要であるという識者がおられる。

必要である、と断言されると、はあ、そういうもんですか、なるほど、そうかもしれないねえ、と思ってしまうが、一方でひそかに、けど早いうちから何でもかでも知識として与えられるのは人生、面白みがないねえと呟《つぶや》く声が私の中にある。ああでもない、こうでもなさそうだと考えて、少しずつ知って行く――そういうものの積み重なりで人生というものは成り立っているのだ。

規格人間が増えていると歎く人が少なくないが、その規格人間は幼時からの知識の与え過ぎが作ったものではないのだろうか。

『娘と私の部屋』（エッセイ）

父の覚悟とは？

♣

父親というものは、必ずしもものわかりのいい存在でなくてもよい、と私は思っている。ガンコおやじ、わからずや、また結構。

男の子というものは、常に父親を乗り越えようとして進歩してゆくものである。そのためにも父親はできるだけ高く、できるだけ強くそびえていてほしい。普通に歩いていても、いつかもうとっくに乗り越えていた、というような低い父親は、いくらものわかりがよくても困るのである。

「おやじのようにはなりたくないな。あわれだ」

私は若い学生がそんなことといっているのを聞いたことがある。この父親は一生懸命に家庭に尽くし、子供のよい父親になろうと努力し、そのあげくにそんなことをいわれている。子供に誇りを与えるような父親——たとえ貧しくても、出世しなくても、ものわかりが悪くても、酒のみでも浮気者でも、どこか一点で子供が父の生き方に尊敬できるような父親——そんな父親こそすばらしい父親といえるのではないだろうか。

『こんないき方もある』（エッセイ）

♣

父親の孤立を何とかせねば、と思う人たちよ。何とかする必要など少しもないと私は考える。その孤立の中で彼が憩《いこ》っているならば、そっとしておいてあげればいいではないですか。

だいたい、父親というものは、今にはじまったことではない、昔々から孤独なものであったのだ。昔の父親は孤独を当り前のことと思っていた。父親の孤立化などといって騒いだりしなかった。

しかしその代りに昔の父親には強大な権力が与えられていた。考えてみれば、権力なき孤独――これは淋しいでしょうなア……

『丸裸のおはなし』（エッセイ）

♣

親の教えというものはおかしなもので、親が子供に向っていい聞かせたこと、お説教のたぐいはあまり子供の中に残らないのではないか。少なくとも私の場合はそうである。そうして何げなく親がいった他人の悪口とか褒め言葉とかが心にひっかかって、

「なるほど、ああいうことはよくないのだな」「ああいう人は立派なんだな」とわかって染み込む。

『男の学校』(エッセイ)

♣

昔の父親は、他のことでは厳しいが、喧嘩《けんか》の時だけはあまり叱らない。男というものは少年時代の喧嘩によって、人生を戦って行く知恵を体得すると信じていたからであろう。

『女の学校』(エッセイ)

♣

この頃の子供は、少しいい気になっているんじゃないか?

それというのも、おとなが機嫌をとりすぎるせいだ。おとなが己れの主義を持たず、なすべきことをせず、人のせいにして文句ばっかりいっているせいだ。親は教師に文句をつけ、教師は家庭に文句をつける。(もっともこの方は小さな声でだが)

「木から落ちたぐらい何だ! 子供に怪我《けが》はつきものだ! さわぐな!」

子供と遊ばなくてもいいから、それくらいいえるお父さんの出現を私は待ち望む。

家庭教育について私が語り渋るのは、身をもってその難かしさを知っているからである。

『女の学校』（エッセイ）

♣

年中、酔っ払っている父親がいて、母親は愚痴をこぼして泣いてばかりいた。だからあんなろくでなしの息子が出来上った、と人は簡単にいう。しかし、父親が酔っ払いで一家が悲惨だったから、あんな風にはなるまいと頑張って立派な人になった、という場合もあるのだ。

「貯金通帳を眺めてはほくそ笑んでいるような奴は男のクズだ」という言葉によって、私は損得を考えず金銭に恬淡《てんたん》な男を好んだ結果、破産という不運に巻き込まれた。しかしそこから何とか起《た》ち上ることが出来たのも、金銭の損や貧乏を人生の大不幸だと考えなかった父の訓《おし》えのたまものである。

かくて、かくある。私にいえることはそれだけだ。

『男の学校』（エッセイ）

♣

「人を傷つけるのはよくない。それは当り前のことだ。しかし、ちょっとしたことですぐに傷ついて、傷つけられた傷つけられたと騒ぐ方はどうだろう？　これもよくないとぼくは思う……」

生徒にいったその言葉が父母の間で問題になった。校長は康二にいった。

「大庭先生のいいたいことはわかります。しかし今はそういう発想は理解されにくくてね」

「今、最も大切なことは強靭《きょうじん》な心を育てることだとぼくは思っているんです。何でもかでもひとのせいにしてひとを責めていたら、強い心は育ちません。今のようでは耐えることによって培われ育つものがなくなってしまうじゃありませんか」

「先生のいわれることは正論ですよ。だが」

校長は言葉を呑《の》み込んだ。これ以上いい合いをしてもしようがないと思ったようだった。辞めようか？　という思いがきたのは校長室の扉を閉めてからだった。

二度目に辞めようと思ったのは、頭髪を金色に染めてきた男子生徒を叱った時だ。夜になって母親から電話がかかってきた。髪を金髪にしたことで誰に迷惑をかけたというんですか、これから子供を叱る時は親の了解を得てから叱って下さい、と女親はいった。

「わかりました」と康二はいった。「学校は遊び場じゃない」といいたかった。知識を吸収し、心身を鍛えるために学校はある。何をしてもいいという場所ではない。多くの生徒は校則を無意味理不尽なものだと思っている。だが校則によって子供たちは我慢することを経験しなければならない。その経験が大切なのだ。己れを律する経験が。なぜ抑圧されなければならないかなどと文句をつける奴は学校に来るな！　そう怒鳴りたいのを康二は抑えた。

　辞めようかという思いが浮かんだ時、康二は丈太郎を思い出した。「逃げるな」と父は手紙に書いていた。

「教師を天職だと思い、刀折れ矢尽きるまで闘うんだ」

　父の素朴な発想に康二はいっそ笑ってしまう。いったい何と闘うんですか、お父さん。校長と闘えとでもいうんですか。校長は憐《あわ》れな尖兵《せんぺい》だ。その尖兵を動かしている存在は何か。教育委員会か、文部省か、それともＰＴＡか。多分それらをひっくるめた現代の日本人にいつか染み込んでしまった価値観が問題なのだ。

『風の行方（下）』（小説）

♣

　私は、父にそっくりの我儘者として周りから顰蹙《ひんしゆく》を買う女に成長した。しかし激情と激情の間の私には時々客観的な視野がひろがることがあり、それは母の教育（ということは母の父への批評を見聞きしてきたこと）のおかげだと思っている。

私がもの書きとしてどうやら生きてこられたのは、この激情と理性の複眼《ふくがん》を与えてもらったためかもしれない。

私は我儘という大きな欠点と同時に、人に頼らず苦しいことから逃げずに立ち向うという向う意気の強さを与えられた。

それは私の人生を決して平穏なものにしなかったが、それはそれで仕方がない。よかった、と思うしかない。

だから今、自分の娘に何を教育したかと聞かれると、これもまた答に困る。私の生きざまが娘に染み入ったものが、彼女の幸福になるか不幸になるかわからないが、教育とはそんなものだと私は思っている。

『こんな老い方もある』（エッセイ）

☘

——俺《おれ》が生きている限り、俺の娘が不幸になるわけがない——

父のこの確信は、いつか私の中にも同じような確信、目に見えぬ楽天性を育てたのだったと思う。不幸の影が射して来ても、それが〝本格的な不幸〟であるとはなかなか思わない。そんじょそこいらに転がっているような不幸ではなく、トビキリ上等

（？）の大型颱風《たいふう》みたいなやつだったと思ったのは、それが過ぎて何年も後になってからのことで、その時は、いつも、

「今によくなる、きっとよくなる」

という楽天的な希望があった。

幼い頃、私が熱を出して寝ていると父はよく、書斎から下りて来て私の額に手を置き、

「大丈夫だ。今夜、一晩寝れば明日は下るよ。うん、きっと下る。お父さんがいうのだから間違いない！」

といっては部屋を出て行くのであった。そしてその都度、私はそういう気になった。今夜、一晩辛抱すれば明日はよくなるのだ、と。

「今、少し我慢すれば明日はよくなる――」

そう思う心の奥には、

「私が惨めなどん底に沈むわけがない！」

という確信がある。この自信には何の確証も根拠もない。それが力を持ちつづけたのは、ただひとえに父の愛情の力だったと私は思うのである。

私が生れたとき、父は五十歳であった。

私は今、その年になって自分の子供に対して、あのような強力で単純なかかわりを

持つことの出来ない自分に気がつく。

世の中が複雑になり、人間が単純さを失い、人間と人間のかかわり合いもまた複雑になって来たために、我々は故意に人間関係の切り捨てを行うようになって来た。やれ、親の愛情を押しつけるな、とか、盲愛はいかんとか、子供は親の私物ではないとか子供の人格を認めねばならぬとか、子供の人生に親は口出しするな、とかいっているうちに、親はだんだんへっぴり腰になって来て後退りし、愛情もホドホドに、説教もホドホドを心がけ、子供の邪魔にならぬよう、幸福をそこなわぬよう気ばかり配って、子供が結婚すれば、さっさと目の前からカキ消えて老人ホームへ行かねばならぬと観念している。

そういう大勢に大方の親が押されて、年をとるに従って自信を喪失して行っている有さまである。

——自分が生きている限り、子供が不幸になるわけがない——

この自信は現代では荒唐無稽の自信だといわれるであろう。しかし私にはその荒唐無稽さが懐かしい。私の人生の力はもしかしたら、親のその荒唐無稽な自信と愛情によって培《つちか》われたものかもしれないのである。

『愛子のおんな大学』（エッセイ）

［第十章］

「ものわかりのいいおとな」をやめよう

――若ものの機嫌とりが親子の断絶を生む

「理解する」とは「叱らない」ことではない

☘

若さというものは未熟なものである。

若い人は世の中のことも、人間についても、ほんの僅《わず》かの経験しかない。自信がないのは当たり前である。

未熟な者に「他人の目を気にしない」で「自分らしく生きられ」たら傍迷惑《はためいわく》だからおとなは文句をいう。

その文句に反発したり、逆批判をしたり、黙殺したり、また反省したり、妥協したり、あっちで失敗、こっちでハナを打ち、というさまざまな経験をして、そうして少しずつ「自分らしく」生きられるようになるのである。

「自分らしく」ということがどういうことか、だんだんわかってくる。去年の自分は「自分らしく」生きていたつもりだったけれど、今考えるとそうではなかった、と思い思いして、少しずつ自分の本質を見つけて行く。自分を築いて行く。それが順当な生き方なのだと考える私は、だから、他人の目が気になる時は、抵抗せずにゆっくり気になっていたらいい、と思う。

へたに主体性とやらに自信を持たれるよりも、自分の未熟さを知っている若い人の方が私は好きだ。

『戦いやまず日は西に』（エッセイ）

☘

若さは無意識の中で輝くものなのだ。若さを意識したらもう魅力は半減する。

『こんな考え方もある』（エッセイ）

☘

「人はミーハーの時代があっていいんです。ミーハー時代がなくて、ヘンにもっともらしく冷静、マジメ、いつも醒《さ》めてる女の子なんて、ちっとも自慢にならない。ミーハーは青春前期の特権です。けれども、二、三年でミーハー時代は通り過ぎなければいけない。二十五歳のミーハー、三十歳のミーハー、四十歳のミーハーは困るよ。ミーハーおふくろ、ミーハー女房はいただけないけど、十代はミーハーでいい。色んな時代を通って人間は成長して行くもの、人には愚かなことも必要なのよ。自分のミーハーを棚に上げて、人のミーハーを軽蔑《けいべつ》したりしないこと。わかったね」

青春というものの中には、しばしば、キチガイの要素が潜んでいるものであって、それは時々、小爆発を起す。爆発したくならない青春なんてのは青春の価値なし、と私は考えているのである。

『娘と私の部屋』（エッセイ）

♣

まことに、青春というものはおろかなものである。そしてそのおろかさに身をゆだねる時がないよりはあった方がいいのだ。

『娘と私の時間』（エッセイ）

♣

いい学校、いい会社、いい生活、いい家庭——しかし、果してそれが〃いい人生〃であろうか。いい人生というのは、意味のある人生、生き甲斐《がい》のある人生、という意味である。私はそういう意味でのいい人生を子供に与えてやりたい。だから私は点数など2でもかまわぬといっている。貧乏はちっとも恥かしいことではないといっている。金持の中にも恥かしい人間はいっぱいいるといっている。虐《いじ》めッ子がいたら逃げないでよく観察しろといっている。虐めッ子にも淋しい時があることを見とどけろといっている。私が娘に与えてやりたいものは、ゆとりをもってものを見る目と、そうして障害や不幸から滋養を吸い取って行く勇気である。

『愛子のおんな大学』（エッセイ）

♣

「お嬢さんを教育なさる上で、特に留意していらっしゃることは？」

留意もヘッタクレもないのだ。腹が立てば怒り、嬉《うれ》しい時は笑う。それによって娘は、

「なるほど、おふくろはすべて、自然であることが好きなんだな、なるほど、ありのままに生きればラクなんだな、なるほど見栄っぱりは滑稽《こっけい》なものなんだな、なるほど、ウソついてると結局は自分が苦しむことになるのか……」

などと覚えて行く。その「なるほど」の中には、

「なるほど、あんな風に怒るから、ママは敵を作るんだな。私は気をつけよう」

とか、

「なるほど、あんなことをいっているから、おカネがたまらないんだな。私は気をつけよう」

と肯《うなず》く場合もあるであろう。

『娘と私の部屋』（エッセイ）

♣

日本人が持っている能力の中で、最も大きな能力は順応性というものかもしれない。その順応性がやがて雷同性になる。子供の気持を理解しなければいけない、と誰かがいい出すと、我も我もと理解者になって行く。理解するとは「叱《しか》らないことだ」などと実に簡単に思い決めて、子供の機嫌ばっかりとっている。そんな子供が社会に出て、礼儀知らずになったり、汚れた皿を洗わないで二週間以上もほうり出しておいても、それを擁護する。

『老兵は死なず』（エッセイ）

♣

「今日からは大学生だ。ひとり立ちしろ！」

子供に対してそんな気構えだった。

私は大正生れのむかし人間であるから、むかしの親爺《おやじ》の気風でこれからやろうと思う。入学式に親が出てこないからといって肩身の狭い思いをするようなケチな根性の持主にならぬよう、鍛えるつもりである。

『娘と私の時間』（エッセイ）

☘

大切なことはどういうことが美しくて、どういうことが醜いかを教えることだと私は思う。しかし今の親はそれを子供に教えない。人生は豊かで楽しければそれでいいと思っている。それを得るために、たとえば醜い人間になってしまったとしても、である。

そんな親の価値観の中で子供が身につけるものは「知識」である。それさえあれば優れた人間になれると子供たちは思わせられてしまった。

「あなたの理想の人は？」

と訊《き》かれると、

「やさしい人」と子供は答える。あるいは「誠実な人」「ヒューマンな人」といった子供もいる。だがそう答える時、彼らは「やさしい」とはどういうことか、ヒューマンとはどういう意味かを考えていない。いや、教えられていない。出来あいの知識によって、そういう言葉を知っているだけなのである。

理屈としてはわかる。知識としては持っている。しかし実感しない。今の若者はそんなふうに育った。色々な観念を理解する力はある。しかし感じない。自分にとって都合のいい観念をとり入れるだけだ。

しかしそれでも今は人生をつつがなく生きていくのに、何の不都合もないのである。不都合を感じるのは、「感じる人間」の方で、感じない方は太平楽だ。

感じる方が文句をいっても、感じない方はその文句を実感する素地がないから、キョトンとし、無視する。

『こんな老い方もある』（エッセイ）

♣

だいたい教育なんて、自分をタナに上げなければ出来るものではない。タナに上げずに子供を教育出来る親（あるいは教師）がいるとしたら、私は感心するよりむしろその人がこわい。

『娘と私の部屋』（エッセイ）

♣

「女の子はいいですねえ。男の子は本当に手を焼きます」

そういうお母さんがよくいる。娘は何でも話してくれるので安心していられるけれども、息子は何もしゃべらないので何を考えているのか、さっぱりわからない。どうすればいいのか、ハラハラするばかりですという。そうして「断絶」という言葉がつづいてお母さんたちの口から出て来る。

「この親子の断絶をどうしたらいいでしょう？」

私は思うのだが、そもそも人が少年からおとなへと脱皮して行く時は、既成のものを疑い、批判し、抵抗反撥《はんぱつ》し、孤独に閉じこもって考え迷うのが当然なのである。与えられたもの、それだけを受け入れていた古い幼い彼が、自分自身の新しい世界を作るためには、沈黙し孤独になることが必要なのだ。さなぎだって自分ひとりの力で蝶になるのである。人間の男が母親に口を利かなくなることは少しもふしぎではない。

母親と息子というものは、そういう関係にある。母親は絶えず息子のことを考えているが、息子は親のことなど全く考えていない。それが息子の「あるべき姿」なのだ。

『女の学校』（エッセイ）

☘

母親というものは、何から何まで子供を自分の好みに仕立てたいものなのだ。え？そんな母親のエゴは押えねばならないって？　その通り。正論である。だが、親のエゴを押えても押えなくても、どっちにしても、子供は親の思う通りになってはいかないのであるから、親の方だって、せめていいたいことくらいいわせてもらいます。

私のいいたいことは、点数がいいことと、人間がいいこととはカンケイない、ということで、私は点数がいいことよりも、人間が正直であったり、ノンビリしていたり、面白い人であったりする方が好きだということなのである。そしてまた、点数がいいということと、その人の人生の幸福を築く力とはたいしてカンケイないとも思っている。

『娘と私の部屋』（エッセイ）

♣

と、劣等生を持った母親としては、まあ、そんな風にでもいって子供を励ますよりしようがないではないか。

内心では我が劣等娘の行く先をこれでも心配している。

『娘と私の時間』（エッセイ）

♣

花の蕾《つぼみ》が膨らんで来たので、蕾の中はどうなっているのかと蝶が来てまわりをウロウロした。それで蕾は蝶をバカにした。蝶は蕾のまわりを舞ったりしなければよいのだが、それは蝶には不可能である。

男（蝶）はこの理不尽を歎《なげ》くであろうが、蝶が来たからといって、喜んで莟をほころばせるような女学生はもはや女学生とはいえぬのである。
その点、この頃の莟は蝶が来る前から開きたがっているのが困る。

『坊主の花かんざし（二）』（エッセイ）

安全第一でおもしろい人生はない

☘

世はしらけ時代だという。

しらけ時代とは、何に対しても一生懸命にならず、すべての現象をしらじらと見て通り過ぎる時代であるという。

現代若者の大半はこのしらけ病にかかっていて、中老年層が何といおうと罵《ののし》ろうと心配しようとどこ吹く風。喜怒哀楽に流されることなく、中老年層よりも遥《はる》かに達観しているように見えるが、実は達観にあらずして、しらけ病にかかっているからなのだそうである。

「しらけ人間についてどう思いますか？　なぜ、こんな人間が出て来るようになったんだと思いますか」

と問われた。問うたのは学生風の男性である。新幹線の中でのことだ。若者であるからにはこの人もしらけ人間なのであろうか？　そう質問すると、

「はあ……ま、そうですが」

という答。

しらけ人間が、「なぜこんな人間が出て来るようになったんでしょう?」と聞くというのもおかしな話である。

「なぜ、私はこんな女になってしまったの……」

と昔は堕落した娘が歎いたものである。

その言葉には、自分の意志の弱さや不運への歎きがこもっている。こんな女に誰がした、という怨《うら》みもあるだろう。

「こんな身体になってしまって!」

と病苦に喘《あえ》ぐ父親が、妻子に苦労をかけている我が身を歎く場合もあった。

しかし、しらけ時代のしらけ人間は、まるでひとごとのようにいう。

「なぜこんなしらけ人間が出て来るようになったんでしょう?」

返答する方がしらけるよ、全く。しかしよく考えると、そこがしらけ病のしらけ病たるところなのかもしれない。彼はこういった。

「いや、しかしそのうちに、ぼくらも就職して、結婚でもするでしょう? そうしたら、そうそう、しらけてもいられないでしょうからね。三十過ぎたら直るんじゃないですか。アハハ」

『坊主の花かんざし(三)』(エッセイ)

☘

我が夢娘はアルバイトをしたいという。

「いけません、ダメ！」

と私はいった。

「どうしてよォ？　なぜェ？」

「まず第一に学校の規則である以上、守らねばならぬからです。第二にアルバイトをする必要があなたにはないからです」

娘は少しふくれ面になった。私はいった。

「第三に、雇い主が気の毒だからです！」

「気の毒ってなぜよォ」

「ロクな働きも出来ない女の子に日当を払う人の気持を思うと、親として、いや社会人として、ママは反対しないわけにはいきません！」

「ちゃんと働きますよォ。これも人生勉強ではないの」

人生勉強！

なるほどね。若い人はその言葉が好きさである。

「何ごとも経験」とか「人生勉強」とかいえば、すべてが許されると思っている。

しかし雇い主にしてみれば、高い日当を払って、よその子供の人生勉強の稽古台《けいこだい》にされるのではたまったものではない。

『娘と私の部屋』（エッセイ）

♣

ジョーダン、ジョーダンといって松井は死んだ。岩田のような身体《からだ》も心も頑丈な奴だと思っていた少年が自殺した……。その脆《もろ》さに康二は手も足も出ない思いがする。

「短絡してるんですね」

と若い教師はいった。短絡？　そうだ、そういう言葉を使えばそういうことになる。だがそれが正しい答か？

答でも何でもない。それはただの「言葉」だ。人々はいろんな言葉を考え、それを使ってお茶を濁している。わかったような気になっているだけだ。受験ストレス、学校の集団主義、校則の厳しさ、管理教育、子供は抑圧されているなど……。言葉、言葉、言葉……言葉だけが氾濫《はんらん》し飛び跳《は》ねている。しかし何の解決にもなっていない。

「渾名《あだな》はよくないと思うけど、渾名で呼んだら親しみが湧《わ》くことがある。それで、渾名で呼んでいいかどうか、相手に訊いてからいうのがいいと思う」

といった生徒がいる。

「相手が傷つく言葉をいわないこと」
「相手の表情を見ながら話すようにすること」
生徒たちのそんな意見に康二は言葉を失った。そんなことを考えているから人間性が衰弱するんだ……大声でそう怒鳴りたかった。

『風の行方（下）』（小説）

♣

「それが今の子供なんですよ。実に傷つき易くてもろいんだ。楽しそうにしているからといって安心してはいられない。今の子供はぼくらの子供の頃のように単純だと思うと大間違いなんですよ。おとなと同じくらい……いや、おとなよりも厄介なのはね、うまく表現出来ないってことなんだ。おとなは自分の気持を説明することが出来るでしょう？　だが子供には表現力が育ってないからね。昔みたいにオイオイ泣きながら帰って来て、母親や兄貴にいいつけるってことをなぜかしなくなってるしね。だから、洞察しなくちゃならない」

『風の行方（上）』（小説）

♣

あの男はまじめだよとか、正直者だよとか、男らしいよ、といわれるよりも〝オトナだよ〟といわれるほうがなにやら上等であるかのような感じがあって、そのため、本当は少しもオトナでない若者が、へたにオトナぶるという傾向が生じて来た。

ではオトナとはどういう人間かというと、たとえば上役の汚職に気づかぬふりをしたり、重役が秘書嬢をくどいている場面に出くわしても、まゆひとつ動かさず、何も見なかったという表情を作ったり、要するに正義感や潔癖感、青年らしい気概を捨てて〝うまく妥協している人間〟ということなのである。

もはや、情熱的であることが青年の特権であった時代は過ぎ去った。オトナの分別、オトナのなれあいを身につけた青年が、有能なる若者として評価され、

「あいつはダメだ、人間が誠実すぎる」

とか、

「やつはまだ正義をふりまわしている。まだまだ一人前じゃないネ」

とかいわれ、かつて期待されし人間像は、今や下落の一途をたどっているありさまである。

かくて若者たちは、生ヤケのイモのような情熱で恋をし、人生を論じるようになった。

『さて男性諸君』（エッセイ）

「大ばあちゃんは何かにつけて現代社会に反発せずにはいられないのねえ」

と里美はいいました。

「昔のおばあさんはヨメに文句をつけてフラストレーションを解消したんでしょう？　今はヨメに文句をつけられないものだから、社会に向って毒づく。考えてみればこの方が無難かもネ」

甲斐性《かいしょう》もないくせに生意気なんがこの頃の若い女《おなご》の特徴です。

『結構なファミリー』（小説）

☘

娘はこういった。

「よそのお母さんは手紙や日記を読むんだって。ママはなぜ、読まないの？」

なぜと聞かれても、そう重大な意味があるわけではない。私は自分がいやだと思うことは人にもしたくない。私のところへ来た手紙を、当然のような顔をして読まれるのは、それが親、夫であろうと不愉快である。だから子供も同じことをされれば不愉快だろうと思うのでしないだけだ。

第一、子供のところへ来た手紙や日記の、さぞかし誤字、あて字に満ちているであろう文章を判読するほど私は暇ではないのである。

『娘と私の部屋』（エッセイ）

♣

考えてみると、世の中の母親にはおよそ二種あって、「うちの子に限って」と心そこ信頼している母親と、「何をしていることやら」と始終、疑っている母親とに分れるようだ。

私はいったい、どっちの母親に入るだろうか？

ある日、娘がいった。

「どうやら、みんな、もうファーストキスぐらいはしているらしいわ」

「ふーん」

私はさりげなく、しかし緊張して娘を見る。

「誰と？」（我ながら愚問）

「誰とって、決ってるでしょ。好きだからキスするんだわ」

「そりゃそうだ。まさか踏切番のおっさんとはしない」

「なんでここで踏切番のおっさんが出て来なくちゃなんないのよ」

私はハハハと笑いつつ、娘を観察する。私は「うちの娘に限って」と思う母親ではない。といって、「何をしているかわからん」と不安におののいてもいない。私は「ハハハ」と笑いつつ緊張し、「いざカマクラ」の時に備えている。

私は母親としての柔軟性を心がけている。立派な母親というべきではないだろうか。心がけだけは。

『娘と私の部屋』（エッセイ）

☘

私は娘がボーイフレンドを持つことを心配しているお母さんたちによくいったものである。

「娘は男とつき合わさなくちゃダメです。男とつき合うことによって、女はいろんなことを教えられます」と。

娘たちはボーイフレンドを沢山持って、確かにいろんなことを教えられた。そうして、

「オトコは女とネルことしかアタマにないのよ」

と二十歳の女子学生が平然と口にするようになった。昔なら商売女がいった台詞である。

男性と交際することによって女は男をバカにするようになったのは、これは男の責任であるか。女の責任であるか。私にはわからない。

『男友だちの部屋』（エッセイ）

♣

汚い、醜《みにく》い、とは感じないのだろうか？

だいたいこの頃の若い女ども、自分の顔ばっかりおしろい塗って、毎日洋服を着替えたりしているけれど、窓ガラスの汚れ、溜ったホコリ、伸びた雑草などについて一向に何も感じないのが不思議である。つまり自分がキレイに見えればいいのであって、自分をとり囲む生活をキレイにしたいとは思わないのであろうか。

なんたる鈍感さ！

『娘と私のただ今のご意見』（エッセイ）

♣

「ママ、もし私が妊娠したらどうする？」

「赤ン坊をオンブして学校へ通わせる。片手に鞄《かばん》、片手におしめ袋を下げて。授業中に赤ン坊が泣くので、あんたはいつも先生に叱られていなくてはならない。また体育の時間も赤ン坊を背負ってやる。器械体操などもオンブしてやる。やりそこなってひっくり返ったりすると、赤ン坊はフギャアといってつぶれる。つぶすまいとして一生懸命にやるので器械体操の名手になる。つまり母性愛が器械体操の名手を作るわけだ。弁当の時は片手に赤ン坊を抱えてオッパイを飲ませながら、弁当を食べ、農村の母親の苦労を身をもって知る。そのほか、いろいろ大変なことがいっぱいある。しかしその苦労がそなたを鍛えるであろう。赤ン坊をも鍛えるであろう。鍛えられて立派な人物となる。従ってママはあなたが妊娠しても、少しも心配しない。産みなさい、大いに産みなさい。艱難《かんなん》汝を玉にす！」

『娘と私の時間』（エッセイ）

☘

私は本当は皆が思っているほど頑健《がんけん》な肉体ではないのだ。微弱なエネルギーをふり絞り、病弱を気力で補ってこれまで生きて来た。すると娘はいう。

「エネルギーが微弱な割にはよく怒るね」

「私のこの怒りの衝動は、いうならば男の性衝動に似ています。男はひとたび性欲に捉《とら》われると、抑制出来ず、しばしば理性を失い、この欲望に身を委《まか》せてしまう。つき進んでしまう。男がしばしば狼といわれるのは、このききわけのないケモノを体内に持っているためなのだ。従って弱い女は、そういう男というものをよく認識して、気をつけなければいけない」

と、話題を巧みにそらして、性教育をほどこすところは、やはり賢母というべきではなかろうか。

『娘と私のアホ旅行』（エッセイ）

［第十一章］いかに上手に老い、いかに上手に死ぬか

――老人は死の覚悟を決めるべきである

老いとは孤独寂寥に耐えること

♣

人間すべて老いれば孤独寂寥《せきりょう》に耐えねばならないのである。それをしっかり耐えることが人生の総仕上げなのだ。

『女の怒り方』（エッセイ）

♣

若いうちは迷いが多いというが、それは間違いである。年をとると迷いが増える。色んな経験をして、色んな人の気持がわかるようになるということが、この迷いの原因なのである。

『枯れ木の枝ぶり』（エッセイ）

♣

この頃、私は人を断定的に評価することが出来なくなってきた。これはどうやら、私が年をとって来たことと関係があるらしい。私の場合、年をとるということは、自信が出来るということではなく、むしろその逆になって来ている。

もしかしたら、違うかもしれない――。

もしかしたら、本当かもしれない――。

もしかしたら、もしかしたら、と絶えず揺蕩《たゆた》いながら人を見ているのは、断定するだけの気力に欠けて来たためかもしれない。

しかし考えてみると世間には、常識としての「人間の見方」というものがあって、我々はその見方にのっとることによって、人間を断定し、それによってどうやら世の中を円滑に渡って行けるという仕組になっているようである。

『老兵は死なず』（エッセイ）

☘

年寄りというものは、常に己れを知っていなくてはならぬ。己れを知ると同時に人の心もわからなくてはならぬ。そのすべてをわかった上で、あえて、三方の毛を重ねてハゲを隠す。その悲哀に耐えて若い女に迫る人こそ、まことの年寄りといえるのである。

若者は年寄りのことなど無関心である。それが年寄りには面白くないのだが、しかし考えてみれば、若者が年寄りを黙殺してくれているおかげで、助かっている年寄りはぎょうさん、いるのかもしれません。

『坊主の花かんざし（二）』（エッセイ）

♣

このごろのご老人、なかなか自分を老人と認めたがらぬという困った傾向があって、ガンコ老人がいなくなったのも、ガンコさをふりまわさぬことによって〝いつまでも気の若い人〟といわれたいという、ただ一筋の執念ゆえとお見受けした。

そこで派手なしまシャツを着たり、ハゲ頭にベレー帽をのっけたりすることになるのだが、こうした老人の常として、年を聞かれると必ず数え年ヨミで二つほど多く答えるのも、

「へーえ、そんなお年とはどうしても見えませんねえ。これはお若い」

と相手に感心されたいという一念にほかならぬのではないか。いつまでも若くありたいと思うは人情の常なれど、若いということと、若いふりということにはおのずから違いあり。

『さて男性諸君』（エッセイ）

♣

不合理と知りつつ不合理の中に美しさを見て捨てかねる。合理的と知りつつその粗さに耐えかねる。我々が醜悪と感じることを、若者たちは感じない。世の中の姑たちが孤独なのは、そこにあることが今、わかった。

『女の学校』（エッセイ）

♣

かつて老人にとっての幸せは、家庭の――夫婦が力を合せて産み育ててきた家族の、敬愛の中に安心して死を迎えることだった。信子は思い出す。信子の祖父と祖母を。あの頃、老人はどこの家でも大切にされていた。老人が家庭の柱だった。季節の食物や到来物はまず仏壇に供え、その次は祖父や祖母の所へ持っていくのが普通だった。おじいちゃんやおばあちゃんは「偉い人」なのだった。なぜ偉いか？　その家を作るために一所懸命働いて、家族のためにさまざまな苦労に耐えた人だからだった。わからないことや困ったことがあると、家族は祖父や祖母に相談した。老人の意見に従うかどうかは別として、それは礼儀と尊敬の印だった。

老人はあるがままに安心してそこにいればよかったのだ。頑固爺《じじ》イ、意地悪ばあさんと蔭口《かげぐち》を叩《たた》かれつつ、頑固者、意地悪婆《ばば》アとして存在していればよかった。そうすることを容認されていた。病気になったらどうするか、ボケがきた時は……などと心配する必要はなかった。堂々と病気になり、ボケていられた。迷惑をかけることに遠慮気兼などいらなかった……。

『風の行方（下）』（小説）

♣

今の世の中は無駄なもの、即効性のないものは切り捨てられて行く世の中だ。老人の価値はどこにあるか？　と聞いた人がいた。あたかも価値があれば認め、価値がなければ切り捨てようと気構えているかのように。

老人の価値は若者よりも沢山の人生を生きていることだと私は思う。失敗した人生も成功した人生も頑固な人生も、怠け者の人生も、それなりに生きて来た実績を抱えている。

『破れかぶれの幸福』（エッセイ）

♣

もうこの世で丈太郎がするべきことは何もなくなった。彼は無用の長物だった。いや、無用というよりは有害といった方がいいのかもしれんな、と丈太郎は呟《つぶや》いた。だがオレは、ともかく、オレはオレなりに正直に一所懸命に生きてきた。賢い男ではなかったかもしれないが、オレはオレなりに己の信じる道から外れたことはなかった。お前は自分の生涯に満足かと訊かれれば、満足だと答えて死んで行けると思っていた。少なくともオレは人のせいや社会のせいにして、己の怯懦《きょうだ》を正当化したことはない。愚痴をこぼしたことも、自分をごま化したこともない。

そんな丈太郎を妻や子供は頑固者だといいながらも、誇りに思ってくれていると彼は思いこんでいた。子供に残してやるものは財産なんぞよりも、人としての生き方を示すことだと思っていた。丈太郎自身父から、父は祖父から、それを受け取ってきた。だが謙一は何も受け取ってはいなかったのだ。

どこへ行こうとしているのかわからぬままに、丈太郎は寒空の下を歩いた。わけもなく急ぎ足になっていた。急ぎ足になると上体が前に傾く。顎《あご》がつき出る。何を急いでいるのか、まるで何かから逃げようとしているかのようだ。

謙一ばかりではない。糟糠《そうこう》の妻である信子も丈太郎の影響を何も受けていなかったのだ。夫唱婦随は形ばかりで、従順の顔の下に怨みと不満を積もらせて今日に到ったという。

――オレは真面目にやってきた。たとえ欠点があろうとも、妻や子供の期待を裏切らない夫であり父であり教師であらねばならぬという信念に生きた自分を誇ってきた。なのに今、ここへきて、それを否定しなければならないのか！

わたしの人生はいったい何だったのか、と信子がいった声が遠くから聞こえてきた。オレの人生だって同じようなものだ、と丈太郎は思わずにはいられない。妻にも子供にも理解されずに、平穏であってもしようがないのだ。

『凪の光景（下）』（小説）

♣

大切なことは、若い者にとって、年寄りの存在が必要であることを感じさせる老人になることだ。

必要といってもただ、子守りとか留守番などというような日常の便利ではない。人生の先輩、経験者としてイザというときにいい知恵を貸してもらえるという信頼を若者に与える老人になることである。ふだんはうるさい姑さん、ガンコばあさんでも、信頼と尊敬を持てる人間であれば若い者は一目おくし、その存在を必要とするものなのだ。

『こんないき方もある』（エッセイ）

「同じカマで食事を共にして、お年寄り同士でグチり合い、近くの自然に親しむ」と「駆け込み宿」の説明がなされている。「お年寄り」と〝お〟をつけてもらってはいるが、現実は駆け込み宿でグチっているという、何ともいえず悲しい文章である。〝お〟がついているためにいっそう、悲しくなっている。〝お〟なんかつけてもらわなくてもいいから、もっと威張って暮したいものだ。

つまり今は、老人はかつての権威を失った弱き存在になり果てた。弱きものであるゆえに、〝お〟をつけてもらい、わざとらしい心づかいを示されるのだ。老人に権威があり、高く聳《そばだ》っていた時代は、皆は安心してジジババ呼ばわりをしていたのである。

こういうわざとらしい（と私は感じる）配慮は、人と人とのふれ合いに隙間《すきま》が出来て来たためなのか、あるいはわざとらしい配慮が人間関係に隙間を作ったものなのか。いずれにせよ人間関係は自然さを失い、人の心から親しみやひろさがなくなり、何かというと文句をつけて要求することばかり考え、また、文句をいわれまいとしてハラハラと緊張し、言葉尻《ことばじり》ばかり配慮するクセがついてしまった。

『枯れ木の枝ぶり』（エッセイ）

「若者は老人のセックスに理解を持ちましょう」という呼びかけがある。若僧からこういうことをいわれて憤怒せぬ老人がいないのが不思議である。

『女の怒り方』（エッセイ）

♣

考えてみれば、親孝行をするのも、なにかと難しい世の中になっているようである。寒中、親のために鍬《くわ》を担いで雪山に分け入らなくても、八百屋に行けばいつでも筍《たけのこ》を売っている。昔、老父のために毎朝毎夕、大声で新聞を読み聞かせるので孝行嫁とたたえられたヨメさんが私の知り合いにいたが、今は優秀な補聴器や老眼鏡が出来て、孝行ヨメも出場《でば》を失った。

「お姑《かあ》さんもお舅《とう》さんが亡くなったあと、お淋しいでしょうから、あなた、私たちでこの連休には温泉へでもお連れしない」

と孝行ヨメが親孝行せんとすれど、姑さんの方は、あまり嬉《うれ》しそうではない。というのも姑さんは、無尽で知り合った隣町のヤモメさんとモーテルへ行く約束が出来ているからで、

「ホントにうちの嫁は、世話やき、出しゃばりでうるさいの」

とかげで悪口いっている。

親孝行がなくなったのは、孝子孝心がなくなったためばかりではない。

親孝行をされる条件を備えた親がおらぬためかもしれません。

『坊主の花かんざし㈢』（エッセイ）

☘

皆が老い込んではならない、と思っている。年よりも若く見えることを誰もが望んでいる。そのために散歩やジョギングをし、血圧を安定させるべく努力し、コレステロールの心配をし、蛋白《たんぱく》を調べ、定期検診を欠かさず、食物に留意し、クスリを飲み、おしゃれを心がける。まるでそれが強迫観念になっているかのように、あれに効く薬、これに効く食物、西洋医学、東洋医学、あっちにもこっちにも頼って、健康を考え老いに抵抗し、それでいて、いやそうすることによって却《かえ》って心の底に不安を抱え込んでしまう。

『こんなふうに死にたい』（エッセイ）

枯れ木が朽ち倒れるように死にたい

☘

かつて、老いは自然にやってくるものだった。春が来て花が咲き、やがて実を結び、そうしていつか葉を落して枯れ朽ちて土に戻るように、自然の廻《めぐ》りに従って人は老いに入っていった。特別に身構えも覚悟もいらなかった。それが人間の自然であるということを誰もが一様に知っていて、それに従った。長寿がめでたいのは、長く生きたことによって自然に枯木になって死んでいけるからであろう。エネルギーが涸《か》れれば、執着も自我も怨《うら》みも嫉《ねた》みも、そして死への怖れも枯れていく。「煩悩《ぼんのう》の解脱《げだつ》」など、我々凡人には肉体が枯れる以外にそう容易《たやす》く出来るわけがないのである。

我々は長命を与えられた。それでいてなかなか枯れない。死は悪であるかのように拒否されている。近づく死を近代科学は総力を挙げて押し返す。その力に頼り、縋《すが》ることによって我々は死と対峙《たいじ》することを回避し、引き延ばす。

「人間というものは、どんな状態に陥っても生きつづけたいと思うものだ」

と医師は信じている。そしていう。

「人はどこまでも生きようという意欲を持たなければいけません」
しかしそれでも尚《なお》、死はやはり、やってくるのである。

『こんなふうに死にたい』（エッセイ）

♣

五十歳を超えた頃、深夜にふと目覚めた時など、死を思って暗澹《あんたん》とした日々があった。今七十歳になって、あの時の恐怖不安を蘇《よみがえ》らせようとするが、なぜかどうしても実感出来ない。年をとって死に近くなったために却《かえ》って恐怖がなくなるという人間心理は面白い。人間とはなかなかよく出来ているものだと思う。七十年近くも生きてくればこの世に飽きがくるということもあるし、情念は涸れて欲望は減退し、楽しいこともたいしてなくなる。エネルギーの涸渇《こかつ》が諦念《ていねん》を呼んでくれるのであろう。

とはいうものの、死は怖くなったが、何とかうまく死にたいものだという思いは強い。うまくというのはジタバタしないで、という意味だ。

静かに死を受け容《い》れるためには、我慢の力を培っておくよりしようがない。医薬の力には限度がある。結局は自分の問題は自分で背負わなければならないのであるから、我慢が出来ないと苦しみは倍加するであろう。

そう考えてくると「いつまでも若々しく美しく、楽しい老後を過ごすには」などと暢気《のんき》にいっていられないことに気がつくのである。

長生きをして我慢の力を涵養《かんよう》し、自然に枯れて行って枯木のように朽ち倒れる――。

それが私の理想の死である。

枯れ朽ちて死んだ身には葬式など、どうでもよい。葬式は死者のためのものではなく、遺《のこ》された人のセレモニイであろう。義理の花輪が立ち並び弔問客が大勢集まったとしても、次元の違う世界に行った魂には嬉しくも何ともないだろう。

『戦いやまず日は西に』（エッセイ）

☘

「鳥だっきゃ人の死ぬのだばわかるくせして、自分のことばわからねんだでば」

鳥は人が死ぬのはわかるが、己れの死はわからぬ――。けだし名言である。

『坊主の花かんざし（一）』（エッセイ）

☘

あれやこれや考えたところで、ボケるものはボケるのだ。死ぬものは死ぬ。仕方がない。すべて神のみ心のままだ。他人の無理解、噂、誹謗《ひぼう》、屁《へ》とも思わず生きてきた吾輩である。ボケてもの笑いになったからといって、今更のことじゃない。さんざん、迷惑をかけて六十八年生きてきた吾輩だ。今更「迷惑をかけたくない」などと気取っても始まらない。

そう度胸を据えて、ボケるものは怖れずボケることにした。手に余るようならさっぱりと殺してくれればいい。

――と強がりつつ、その胸を蕭々《しょうしょう》と風が吹いている。

『我が老後』（エッセイ）

☘

なぜ我々は死んではいけないのだろう？

そういう素朴な疑問を私は持つ。家族や社会に対する責任を果すために生きなければならないとある人はいう。またある人は、それ（なぜ死んではいけないのかなどということ）はあなたが健康で、死がまだ遠くにあるからそういうことをいうのであって、実際に死に瀕《ひん》した時は、どんな状態でもいい、生きつづけたいと切実に思うものです、といった。それが人間の本能なのだから、否定することは出来ないと。

しかし、たとえそれが人間の本能であったとしても、その一方で人の精神は老い衰えて行くことによって、自然に死を受け容れる準備を整えるものではないのか。それが最も人間らしい死でありそれによってその人生は完了するのである。

その諦念《ていねん》を乱すのが「死は悪」だとする医師たちの思い込みである。回復の望みのない病人がふと目を開いて、「ああ、私はまだ生きていたのか」と思う。その時に喜びがあるのか、絶望があるのか。死を受け容れる準備をどこで整えればいいのかわからないままに、ズルズルと生きつづけさせられて、なしくずしに消えて行く。そんな死を思うと私は暗澹《あんたん》とせずにはいられない。

『何がおかしい』（エッセイ）

♣

どんなふうに死にたいか、と私は時々自分に訊《たず》ねる。殆《ほとん》どの人が願うように私もやはり「ポックリ」死ぬことが理想である。しかしそんな幸福な人はごく少数の選ばれた人たちであろうから、私はやがて訪れる私の死を何とか上手に受け容れたいと考える。上手に受け容れるということは、出来るだけ抵抗せず自然体で受け容れたいということだ。

そのために私は（昔の人がしたように）死と親しんでおかなければならないと思う。死を拒否しようと努力するのでなく、馴染《なじ》んでおきたいと思う。少しずつ死に近づいていよう。無理な健康法はするまい。不自然な長命は願わない。余剰エネルギーの始末に苦しまなくてもいいように、身体《からだ》に鞭打《むちう》って働きつづけよう。「人間の自然」を見詰めよう。死は苦しいものかもしれないが、それが人間の自然であれば、あるがままに受け容れよう。ボケ老人になることも人の自然であれば、それを受け容れよう。ボケることによって死の恐怖を忘れ、種々の妄念《もうねん》から解放されて死んでいく。あるいは老いてボケることは、神の慈悲というものかもしれないのである。ならば遠慮なくその慈悲を受け容れよう。

考えてみればこの世にも苦しいことは多々あった。私はそれに耐えてきた。その苦闘の経験はもしかしたら最期《さいご》の苦しみを耐える上にいくらか役立つかもしれないと、そう思おう。

そうはいうものの、現実の私の死は「あるがままに受け容れる」のとは程遠い様相になるかもしれない。その心配はあるが、それでも私はいいたい。あんなことを書いていたけれど、佐藤愛子はあのザマだといわれることを私は怖れない。そういわれてもいい。私が今、ここにそれを述べることが、自分の覚悟を促し固めることに役立つと思うからだ。

『こんなふうに死にたい』（エッセイ）

☘

健康法は「いつまでも元気に生きるための知恵」である。だが私はいかに上手に死を迎えるかということの方が大事になってきた。子供が幼い頃は、この子のために長生きしなければならないと考えていたが、子供が巣立った後はべつに長生きをしなければならないという切実な気持はなくなってきた。

子供を育てる間は自分の楽しみを後廻しにしてきた。だからこそ、これからは自分の楽しみを楽しむんです、そのためにこそ励んできたのではないの、という人がいる。だが私には情けないことに老後の楽しみなんて何も見当らないのである。おいしいものも食べたいと思わないし、物見遊山も疲れるばかりだ。そんな私にどうして健康法が必要だろう。

自分を自然に任せきること。この「自然」を「神」と考えてもらってもいい。未練執着を捨て迷わずに自然の意志に添うためには、健康法は邪魔なばかりなのである。

『上機嫌の本』(エッセイ)

♣

死期が来たのを感じて、

「ありがとう……」

折角《せっかく》最後の言葉を残して静かにあの世へ行こうとしてるのに、それ強心剤だ、やれ点滴だ、心臓マッサージだと無理ヤリ引き止められ、気がついたらまだ生きているではないか。そこでまたやり直し。

「ありがとう、さよなら」

という。そして死んで行こうとするのにまた襟髪《えりがみ》摑《つか》んで引き戻される。ふり切って死ぬにも点滴に縛られて、気息奄々《えんえん》生きさせられる。

ああ、いったい私はどこで「ありがとう」をいえばいいのか。現代の科学が神の意志と戦うのは勝手だが、科学と神の間でウロウロする私の方はたまらない。

生きるのもたいへんだが、今は死ぬこともタイヘンなのである。

『男と女のしあわせ関係』（エッセイ）

［第十二章］人は苦痛を堪えることによって成長する

――人生の波瀾が生きることの面白さを教えてくれる

人生にはつまずきが必要である

♣

——行為せざる者は常に笑う立場にいる。行為する者は常に怒る立場に立つ。——それが私の人生哲学のひとつだ。

『娘と私のアホ旅行』（エッセイ）

♣

平和に生きるために、人への期待を捨てるというのも淋しいことだ。私が怒りつつ人への期待を捨てないのは、その淋しさに耐えられないためかもしれない。

『女の学校』（エッセイ）

♣

鋭敏な感受性を持っている人間にとって、悪意に対して怒るのは容易《たやす》いが、無知を怒ることは難しいのである。

『老兵は死なず』（エッセイ）

♣

孤独に徹すれば何も怖くない。欲望を捨てれば軽々と生きられる。平穏は退屈を産むだけだ。退屈すると人間はろくなことを考えない。

『凪の光景（下）』（小説）

♣

思う通りに運ばれる人生なんて、退屈以外の何ものでもない。

『死ぬための生き方』（エッセイ）

♣

人生にはつまずきというものが必要なのである。つまずきのない人生なんて屁《へ》みたいなものだと常々私は思っている。つまずきがあるからこそ、人は更に力を出し、強くなっていくのだ。

『死ぬための生き方』（エッセイ）

若いうちは人は何らかの苦痛を堪えることによって成長する。

私はそう考えている。下痢によって肉体が活性化するように、心の傷手《いたで》によって人間性が豊かになると考えれば、失敗（と思われること）もそう気にする必要はないのである。

『こんな女もいる』（エッセイ）

☘

私のようにがむしゃらに生きて来た人間は、さぞ沢山の失敗があるだろうと人も思い、自分もそう考えたのだが、よく考えるとがむしゃらに生きる人間というものは、失敗をふり返っているヒマがないので、失敗が心に刻み込まれないのである。明らかに人の目には失敗と思えることも、私自身は失敗とは感じていないことに気がついた。

「一回目、結婚に失敗して、また二回目の結婚でも失敗しました」

と私はよく書いたりいったりしているが、これも便宜上《べんぎじょう》失敗という言葉を使っているのであって、本心は失敗とは思っていない。「なるようになった」と思っているだけである。他人の目には「失敗」と写っているのであろうから、その目に合せて「失敗しました」といっておこう、ま、その程度の気分なのである。

『男友だちの部屋』（エッセイ）

♣

私は快適さに馴《な》れて溺《おぼ》れてしまうということが怖いのである。涼しい部屋、暖かな寝床、うまい食事、だんだん馴れてそれがなければいられなくなるのがイヤである。豊かな時は豊かなように、貧しい時は貧しいなりに、いつも平然と生きるのが私の理想なのだ。

『女の怒り方』（エッセイ）

♣

人間、ムリはいけない。どんなことであれ、そう「したいからする」のでなくてはならない。

『死ぬための生き方』（エッセイ）

♣

ありのままでいいんですよ。あなたの自然でいいんですよ。人生経験を大切にしていれば、自然に魅力がそなわってくるものですよ。

『死ぬための生き方』（エッセイ）

☘

北海道の自然の厳しさの中で生きるということは、「暢気《のんき》になる」ということなのであろう。積んでも積んでも鬼《おに》が出て来てうち崩《くず》してしまう賽《さい》の河原《かわら》の石積みのように、造っては自然の力に打ち壊《こわ》され、造っては壊されしながら、ここの人たちは一日一日をゆっくり積み上げて来たのだ。ここでは完全など求めてはいられないのである。波に身体を預けて波乗りをするように自然の力に身を添《そ》わせて生活を造って行く。風や雪が壊したものを黙々《もくもく》と造り直す。気長にたゆまず、しぶとく、助け合って、壊されては造る。一日二日、水道が出なくてもどうということはないのである。

「人間、辛抱が肝腎《かんじん》だ」

などと殊更《ことさら》にいったりはしない。辛抱しているとは知らずに辛抱している。完全は求めない。失敗は平気。気長にしていれば一夜で枯れた山野も一年後には緑に戻るのである。

『日当りの椅子』（エッセイ）

♣

私にはわからない。何が善で何が悪か、私は決めることが出来ない。神が何を善とし悪とするのかも私にはわからない。私に出来ることはそれが神の意に適《かな》おうが適うまいが、正直に、ありのままに生きることだけである。

『こんなふうに死にたい』（エッセイ）

♣

私は子供の頃から正直は何よりの美徳だと教えられて生きてきた人間である。人の信頼を得るのは何よりも「正直さ」である、たとえ過ちを犯しても正直にいえば許されると信じている子供だった。だからお客の靴を隠したり、落書きをしたりした後、進んで親のところへ正直にいいに行った。

正直は美徳であると教えている親は、その正直さを褒めねばならないので、された悪戯《いたずら》について叱ることを忘れてしまう。ついに私は「正直さを見せるために悪戯をする」という仕儀に到ったくらいであった。

長じても私の正直愛好癖（？）は抜けず、うまくない料理を、義理にうまいとはいえず（従ってテレビの食べ歩き番組のレポーターを私はホントにえらい人だと思う）、生れたての赤ン坊を見せられてもどうしても「可愛《かわい》い」とはいえないで苦労してきた。
この世はうまくない料理もうまいといい、猿の親戚みたいな赤ン坊でもまあ可愛いといわなければならない仕組になっている。それがこの世の常識で、その常識あってこそ、住みにくいこの世が円滑に運営されるのだ。それが、この頃どうやらやっとわかってきた。

『上機嫌の本』（エッセイ）

♣

私は過去の苦難がすべて私の激《げき》し易《やす》い性格と単純さにあることを知っている。十分に知ってはいるが、しかし私は少しもそういう自分を改めようとは思わずにきた。改められないというよりは、私は単純に生きることが「好き」なのだった。たとえそれが苦難を呼ぶことになろうとも、である。疑うことによって身を守るよりも、信じてひっくり返ることの方が私の性に合っている。

『こんなふうに死にたい』（エッセイ）

♣

人は真情をもって対すれば必ず心を動かしてくれる――。

私はそういう確信を持つようになった。（しかしその後の経験で残念ながら、それは「人による」こともよくわかったのである）

『淑女失格　私の履歴書』（エッセイ）

☘

賭《かけ》ごとの本来の目的は、当たるか外れるかのスリルを味わうことにあるのであって、儲《もう》けることにあるのではない。賭の情熱は「絶対に安全ではない」というところに生じるものなので、人生もまた同じものだと私は考えている。

『何がおかしい』（エッセイ）

☘

余計なことは考えず単純に人生を突進して来た私は、おかげでいろいろとひどい目に会っている。信頼を裏切られたこと幾たびか。しかし、いろいろと欺《だま》されて来たおかげで今の私の存在がある。欺されてばかりいたので、いつか鍛えられて強くなった。そうしていっそう「欺されまい」と思わなくなった。欺されまいと思わなくなったこの心境を、私は有難いものに思っている。

『男の学校』（エッセイ）

☘

社会の矢面に立っている人間は、飛来して突き立つ矢の分量だけ、どこかでその矢を射返さなければ身がもたぬのだ。

『坊主の花かんざし（四）』（エッセイ）

☘

人生は気魄《きはく》である。意志である。

『娘と私の天中殺旅行』（エッセイ）

損のなかから新しいものを産み出せ

私は疑うことが嫌いである。面倒くさい、といってもよい。疑うよりも信じた方がらくだから信じる。そのために私の人生は損をすることが多かった。招かなくてもすむ災難を始終背負い込むことになったが、人は背負い込んだことによって力が出るものなのだという確信を持つに到った。だからますます疑わない。損をしてもかまわないのである。その損から新しいものを産み出せばいいのだ、と考えれば、少しも傷は残らない。

『こんな暮らし方もある』（エッセイ）

☘

食べるということの、何というおかしく、そうして悲しいことよ！

杖とも柱とも頼む夫に死なれた中年妻が、泣きじゃくりながら葬式饅頭を三つ食べたのを私は見たことがあって、その時は私は若かったから笑った。

「なにも泣きながら饅頭食べなくても」

などといった。

しかし、それが人間なのだ。人間の愛らしく、かなしいところなのだ。そうして人は生きる。それが人生だ。

今になって、私は漸《ようや》くそう思うようになった。

「どうしてなの？　夫に死なれて、ご飯ものどに通らない、という風になるのが人間らしい人じゃないの」

と私の話を聞いた娘は質問した。

「ねえ、どうしてなの、どうして」

と娘はしつこく尋ねるが、私は答えることが出来ない。これは娘があと二十年か三十年、実際に生きることによって、はじめてわかってくることなのだから。

そしてそれがわかるということは、人間関係の辛さ苦しさをいやというほど体験するということなのであろう。可哀想だが、しかし、人と生れて、わからぬよりはわかった方がいいのである。

『女の学校』（エッセイ）

☘

悲しい歌を歌えば悲しくなり、楽しい歌を歌えば楽しくなる。その歌は人に聞かせるためではなく、自分のために歌う。悲しみを胸に秘めて幸福の歌を歌えば、悲しさの中に灯が灯るのだ。拍手があれば、その灯は明るさを増すであろう。それが人間関係の難しくなって来た現代を生きる生活の知恵であることに、私はやっと気がついたのである。

『女の学校』（エッセイ）

☘

まことに人間万事《ばんじ》塞翁《さいおう》が馬だ。禍福は糾《あざな》う縄の如しだ。不幸な結婚は私を作家にしてくれた。借金は金への執着から私を解き放ってくれた。思うに委《まか》せぬ現実に突き当ることによって、私の価値観は少しずつ変って行った。おそらく生きようとする私の本能が私をそうさせたのだろう。私はいつでも上機嫌《じょうきげん》でいたい人間である。憤怒《ふんぬ》する時でさえ、私は上機嫌で憤怒する。上機嫌で憤怒するという芸当を薬籠《やくろう》中のものにするには、余計な情念、怨《うら》みつらみは捨てなければならないのである。

『上機嫌の本』（エッセイ）

☘

私の人生を一口でいうなら「楽天的」という一語に尽《つ》きると思う。また私の性質を一口でいうなら、それも「楽天的」ということになるだろう。六十八年生きてきて、つらつら過ぎし日々を顧《かえりみ》ると、楽天的であったからこそここまで生きてこられたのだとつくづく思う。

楽天的で向こう見ず。

これが私の人生の特徴だ。「楽天的な一生」といえば、一見、春の光に包まれているような暢気《のんき》な一生のようだが、実際には楽天家というものは苦労を浴びるように出来ているものである。楽天家は現実に対して用心をしない。人を疑わない。何でもうまくいくと思う。これをよくいえば「希望を失わない」ということになるのだが、それはまた同時に「アホ」といわれることにもなるのである。

『上機嫌の本』(エッセイ)

☘

賢者は人間、いかなる時でも平常心を失うなという。その通りだ、至言《しげん》だと私も思う。しかし私にはその「平常心」というやつがどんなものかわからないのだ。平常心とは「ふだんと変わらない落ちついた心」のことだろうが、私はふだんからそんな落ちついた心の持主ではない。ふだんから、「矢でもテッポでも持ってこい！」という心でいるものだから、何かあるとすぐ逆上してつっ走ってしまうのだ。だから外からやってきた苦労を、自分で倍にも三倍にもしてしまう。

しかしその厄介《やっかい》な気質のおかげで、まあまあ元気に人生への情熱を失わずに生きてこられた。私がなめた苦労の数々は、「ひとのせい」ではなく、自分が膨張させたものだと思えば、人を怨んだり歎《なげ》いたりすることはないのである。

『上機嫌の本』（エッセイ）

☘

私がまだ借金と戦っていた頃、私は松下幸之助氏と対談したことがあるが、その時、松下さんは私の生き方についてこういわれた。

「佐藤さん、それは愉快な人生ですなア。実に愉快だ」

私はムッとし、なにをこのじいさん、カネモチなものだから、勝手なことという、と思ったものだった。だがさすが大松下。今になってはじめて私は思う。

「ああ愉快な人生だったなア」、と。（松下さん、ごめんなさい）

少なくとも私は自分の好むように生きて、そうしてここまできた。いいたいことをいい、したいようにしてきた。人を羨望せず、嫉《ねた》まず、怨《うら》まず、おもねらず、（その代り損や誤解を山のように背負ったが）正直にありのままに生きてきた。こう生きるしかないから、こう生きた。よくもまあここまで生きてこられたものだとつくづく思う。

神は私にさまざまな苦しみを与えられたが、その代りに私を助けてくれる人々をもつかわして下さった。それを今、私は神に感謝する。もし私に苦難が与えられなかったなら、私はそれらの人々の愛情と理解に巡り会えなかっただろう。それは私の人生の宝だ。

あの時、借金を肩代りしさえしなければ、今頃はカネモチになって気楽に暮していられたでしょうにねえ、といってくれた人がいる。しかし私は思う。あの時、借金がふりかかってきたからこそ私はぐうたらの一生を過さずにすんだのだ、と。そうでなかったら、もともとぐうたらの私はどうなっていたかわからない。

『淑女失格　私の履歴書』（エッセイ）

☘

私が数千万の借金を返済したことに感心する人がいる。と同時にその感心した同じ人が、私が金を粗末にするといって私を叱る。しかしこの二つのことは、表裏をなすひとつのものなのだ。

「莫大な借金を背負っているからこそ、もっとお金を大事にしなければいけないんじゃないの」

と人はいう。もっともな意見である。しかし、人間というものは悲しいことには、道理というものだけで生きて行くほど単純に出来てはいないのである。

「お金を大切に考えていないから、借金背負うようなハメになるのよ」

という人もいる。それも一理ある見方である。しかしそんなとき私が感じることは、道理というものは何と無力なものであろうかということである。一銭を嘲《わら》う者は一銭に泣くようなハメになるかもしれないが、しかしまたそれなりに生きる力を持っていて、それなりの人生を築いて行く。人間が面白いのはそこなのである。一銭を嘲うもよし、泣くもよし。のたれ死の人生を悲惨という言葉でくるむ必要もまたないのではないか。この頃、私はそう思うようになった。

『丸裸のおはなし』（エッセイ）

☘

確かに私は女にしては波瀾《はらん》の多い人生を生きている。だが襲ってきた苦労を、何とか打開しようと考えて努力したことは実は一度もなかった。私はただ、苦労を仕方なく受け止めただけである。それから逃げることを考えなかった。ただそれだけのことなのだ。

『上機嫌の本』（エッセイ）

♣

私は強い女だとよくいわれる。しかし本当に私を知っている昔からの親友の何人かは、私が弱い女だったこと、今もまだその弱さのシッポを残していることを知っている。私は「強い女」ではなく、「強くなった」女なのだ。私は火の手に迫られて簞笥《たんす》を担いでいるうちに、腕の力が強くなって力モチになった。二度の結婚の不幸が私を鍛え、私の中に潜在していたものを引き出してくれた。私はそう思う。その意味で私は二度の結婚を後悔したことは一度もないのである。

『破れかぶれの幸福』（エッセイ）

♣

考えてみると、私は今までの人生の中で、何度かその恐怖感（泣いたら力を失うという）のために泣くのを耐えたことがあった。

私はもしかしたら弱い人間なのだ。一度、落ちたらもう立ち上がる力を失う弱虫の甘ったれなのだ。だから落ち込むまいとして必死で踏んばる。常にエンジンをかけて踏んばる。踏んばるためにヤセ我慢を張る。

ヤセ我慢とは弱者が己の弱さを押し殺すための方便であって、真の強者はヤセ我慢など決してしないであろう。しかしヤセ我慢というものは、くり返し重ねているうちに、強さ（みたいなもの）を培って行き、真《まこと》の強者には及ばぬとしても、小結《こむすび》程度の強さは身について行く。私はそうして生きて来た。

『朝雨　女のうでまくり』（エッセイ）

☘

私は波瀾を経験することによって、女の人生の面白さを味わうことが出来た。怒りや歎きや苦しさが、私の中に埋もれていたものを掘り出してくれた。私の中にはまだ、埋蔵されているものがあるのではないか？　私はそう思う。

『破れかぶれの幸福』（エッセイ）

☘

ある時「私は男運が悪い」とこぼしたら、遠藤周作さんはこういった。

「君は男運が悪いんやないよ。男の運を悪うする女なんや」

その考え方は私の気に入った。男運が悪いというと、なにかこう受身の、消極的な人生が浮かぶが、男の運を悪くする女といえば積極的な強い力を感じるではないか。私はすべてにそういう考え方が好きだ。

『上機嫌の本』（エッセイ）

♣

人は元気なうちにしておかなければならないことが沢山ある。我慢の力を養っておくのもそのひとつだ。私は将来、重病になって苦痛と戦わなければならなくなった時のことをよく考える。薬の力も及ばない苦痛に襲われた時は、我慢の力が頼りである。元気な時から苦痛を逃れることばかり考えていると、その時になって七転八倒しなければならない。それが困る。

こんなによく効く薬があるのに、どうして飲まないの、と家の者は頭痛の頭を抱えている私にいうが、私は飲まずに頑張っている。まだ早い、この程度ではまだ頼ってはならぬと思う。そのうち気がつくと頭痛が治っていて、私は「勝った！」と嬉《うれ》しくなる。

人は私のことを「変人」だという。そんな無駄な頑張りをしていると、手遅れになったりするという。しかし手遅れになることよりも、私は際限なく人や薬に頼るようになる自分がこわい。人は私のことを強いというが、強いのではない。自分が弱いことを知っているだけである。

『こんな暮らし方もある』（エッセイ）

☘

深夜、時計の音を聞きながら、間歇《かんけつ》的にさし込んで来る痛みを耐えつつ、これが間歇的に来るからまだいい、と思う。世の中にはこの痛みがぶっ通しに襲って来る病気の人もいるであろう。その人に較べたら、我慢出来ないことはない、と思う。

戦時中を考えよ！

と突然、想念は飛躍する。戦時中は何の薬もなかった。歯が痛くなっても、歯イタ頓服という気休めのような薬を飲むだけだった。頭痛には頭痛膏をコメカミに張るだけ、耳が痛いと氷嚢《ひょうのう》を耳に当てるだけ、お腹が痛いと温めるだけ、胃が痛いと唸るだけ、スリムキ傷にはツバをつけるだけ……我ら及び我らの先輩はそうして病に耐えに耐えたではないか。かつて耐えたことが、今、耐えられないわけはないッ。うーむ、チクショウ！　意地でも我慢するぞーッ！

そう思い思いしているうちに夜が白々と明けはじめる。

人は困苦欠乏によって鍛えられる。かくて私は痛みに対して強い人間になった。今のお医者さんは往診、夜間診療を拒むことによって、甘ったれの我慢知らずになった現代人を鍛えておられるのかもしれない。

しかし、それにしては昼間の患者に対しては、山のように薬を与えるところが、いささか腑に落ちかねる。そのへんの鍛え方をもうちょっと、考えていただきたいものである。

『男の学校』(エッセイ)

☘

現代人は働きすぎで、そのため過労になっているのだから、働くのをやめればいいのである。そうすれば健康法などする必要はなくなる。

ストレス解消法も同様である。

ガツガツ働く、ガツガツ働くということは、どこかで無理をし、自由を失い、我慢を重ねていることであるから、当然、ストレスが溜るのである。溜ったストレスを解消する方法をあれこれ試みるよりは、ストレスが溜らぬように暮す方が話が早い。

ガツガツ働くのをやめること。

贅沢《ぜいたく》なんてしたくない、食べていけさえすればいい、という気持を身につけること。

カネモチになりたいと思わぬこと。

怒りたい時に怒ること、どなりたい時にどなること。

私はこれらのことを実践しているので、ストレスが溜らぬのであろうと思う。だから解消法なんて訊かれても答えることが出来ない。

するとと人がいった。

そういうあなたのまわりの人はストレスだらけですね。

そうかもしれませんな。すみません。

『男友だちの部屋』（エッセイ）

♣

人は一人一人みな違う。その人その人の体質や気質、病状、その原因によって身体によいものは違ってくる筈《はず》である。あれを食べよ、これは食うなと専門家は知識によって指導するが、それが効果を上げる場合もあればそうでない時もある。確実なことは「その時のその人にとって必要な食物」であり必要な運動である。だから私は一般的な健康法や健康食品に関心がない。

風邪《かぜ》をひいて熱が出ても、私は薬で熱を下げない。なぜならば熱を出し切ることが、その時の私の身体には必要（だから熱が出ている）だと考えるからである。

『死ぬための生き方』（エッセイ）

「――信じることは勇気である……」

などと以前、私はいっていた。しかし、信じることは勇気でも何でもない。ひょいと一足踏み出すだけのことなのだった。

『こんな暮らし方もある』（エッセイ）

♣

いったい何が楽しくて生きているのですか、と驚く人がいるが、べつに楽しさを求めて生きているわけではないから、（人生は苦しいものだと思っているから）今は特に問題にするような苦労がないことに感謝している。高級料理でなくても（自分で調理した）自分の口に合ったものを食べ、豪華でなくても優しい肌ざわりのものを着、好きな時間に風呂に入ってベッドに入る。寝たいだけ寝る。私が大切にしたいのはそれだけである。

『上機嫌の本』（エッセイ）

♣

人生は悲劇である。悲劇であるからこそ私はユーモア小説を書くのだ。いっそ悲劇を喜劇にしてしまうことによって、私はそれに耐えようとしている。

『戦いやまず日は西に』（エッセイ）

♣

人生は美しいことだけ憶えていればいい――。私はそう考えている。苦しいことの中に美しさを見つけられればもっといい。

「――ああ面白かった」

死ぬ時、そういって死ねれば更にいい。私はそう思っている。

『淑女失格　私の履歴書』（エッセイ）

単行本あとがき

三十年間の断片

私がエッセイのたぐいを書くようになったのは昭和四十年頃からで、三十年間に出したエッセイ集は五十冊を越えている。そこから箴言《しんげん》らしき言葉を拾い出して一冊の本を編むという気の遠くなるようなことを海竜社の下村のぶ子社長が思いつき、その相談を受けたのは一年も前のことである。

それは無理ですよと私はすぐにいった。私は野人で妥協知らず、自分の流儀でしか生きられない人間である。少女の頃も社会に出てからも「変ってる」といわれつづけている私である。その私が書いたものの中から数行のエキスを取り出して陳列したところで何の役に立つのか、読者の共感を得られるかどうか心もとない。しかし情熱の人下村社長は、共感を得られるか得られないか、験《ため》してみようといい張られる。

箴言とは「いましめとなる短い句」と辞書にあるが、私にはとても人を「いましめる」力があるとは思えない。私にひと握りの自信があるとしたら、私は常に私にとっての真実を語りつづけてきた、ということである。

ここに並べられた私の思索の断片は、書いた年代順に置かれてはいない。三年前のものと三十年前のものが並んでいたりするのだが、こうして並んでいるのを見ると、私はずーっと同じ姿勢で同じ主義を持って生きてきたということに気がつくのである。「人をいましめる」などとんでもない。こうして書くことによって私は、長い苦しい人生の道のりを自分を励まし励まし来たのだな、としみじみ感慨を催すのである。

それにしても五十冊の本からこれだけの言葉を選び出す苦労は並々のものではないことは、書いた私が一番よくわかる。その厄介な仕事に携わって下さった西村郁子さん、吉村千穎さん、仲田てい子さん、そして年譜を作成して下さった神田由美子さんに心からご苦労さまでした、ありがとうと申します。

一九九九年六月

佐藤愛子

佐藤愛子　年譜

神田由美子
（東洋学園大学教授）

一九二三（大正12）年　0歳

十一月五日（戸籍上は十一月二十五日）、大阪府住吉に、父・佐藤洽六《こうろく》（紅緑）、母・シナの二女として生まれる。当時、洽六が五十歳、シナは三十歳。既に異母兄の八郎（詩人サトウハチロー）、節《たかし》、弥《わたる》、久《ひさし》と同腹で四歳上の姉・早苗がいた。母・シナは元女優の三笠万里子。シナが二十五歳の時、洽六は最初の妻・ハルを捨て、シナのもとに走った。祖父・佐藤弥六は、津軽藩士で山鹿素行の兵学を修め、福沢諭吉の英学塾で学び、維新後は弘前市で西洋小間物・書籍の店を開き、後に郷土史研究や農業改善に尽力した。だが頑固者としても有名で、その息子の洽六も「弥六のセガレ」と呼ばれ、少年時代は弘前で評判の乱暴者だった。

一九二五（大正14）年　2歳

兵庫県鳴尾村（現西宮市）西畑に移転。甲子園球場のある鳴尾村は、当時は静かな苺の名産地だったが、昭和十年代には、野球場のほかに、水泳競技場、テニスコート、海水浴場そばの水族館、遊園地、近代的競馬場を備え、洒落た喫茶店、レストランが並ぶモダンなリゾート地となった。中でも西畑には大正末から、大阪神戸へ出勤する知識人が多く住まっていた。この年二月に、洽六の前妻・ハルが仙台で死去。東京で詩人として独立している長男・八郎を除き、節、弥、久という不良息子達に悩まされていた洽六は、末娘の愛子を溺愛した。愛子は、同居していた弥と久をはじめとして四人の兄達に親しみを感じていた。

一九三〇（昭和5）年　7歳

四月、鳴尾尋常高等小学校入学。過保

護に育てられたため、一年生の頃は学校になじめなかった。

一九三一（昭和6）年　8歳

小学校時代、大衆小説の大家であった父・紅緑に送られてくる「キング」「講談倶楽部」「婦人倶楽部」などで大人の恋愛小説に読み耽る一方、「少年倶楽部」で紅緑の少年小説を読んで、父を偉大な小説家だと思う。算術が苦手だった。

一九三四（昭和9）年　11歳

三月十六日、四兄・久《ひさし》が同棲中の女性と生活苦のため心中を図り、死去。十九歳だった。

一九三六（昭和11）年　13歳

四月、神戸の甲南高等女学校入学。女学生時代はスポーツや演劇で活躍し、道化た蛮カラぶりを発揮して、クラスの人気者となる。男の学生から、よくツケ文をもらった。だが一方、道化を演技する自分に嫌気がさし、青春期特有の自己嫌悪に陥った。

一九四〇（昭和15）年　17歳

父・紅緑、創作力の限界を感じ、作家生活を断念する。当時六十六歳だった。

一九四一（昭和16）年　18歳

三月、甲南高等女学校卒業。上京して兄・サトウハチローの家に寄寓し、雙葉学園英語科に入学するが、三カ月で中退。帰郷後七月から肋膜炎で臥床。治癒した頃、太平洋戦争勃発。この年、姉・早苗が結婚して上京し、老父母と愛子だけの生活となる。

一九四二（昭和17）年　19歳

防空演習、防空壕掘り、出征兵士の見送り、配給物の行列に並ぶなどする以外は、花嫁修業もせず無為に過ごす。

一九四三（昭和18）年　20歳

父母との暗鬱な日々と勤労動員から逃れるため、結婚を考えるようになる。六月に森川弘と見合いし、十二月に結婚式を挙げる。森川は陸軍航空本部勤務のため、飛行場設営隊の主計将校として長野県伊那町（現伊那市）に赴任。同地の「看水」という料亭の二階を借り、約五カ月の新婚生活を送る。

一九四四（昭和19）年　21歳

七月、出産のため、静岡県庵原《いはら》郡興津《おきつ》町（現清水市）清見寺《せいけんじ》に疎開中の実家へ帰る。十一月二日、長男・勁介《けいすけ》誕生。

一九四五（昭和20）年　22歳

夫が東京勤務になったため、長男を連れて夫の実家である岐阜県大井町（現恵那市）に身を寄せる。婚家先は人手の多い医院で、家事や育児をする必要も空襲の心配も食料調達の苦労もないまま、穏やかだが空虚な日々を過ごす。この年、次兄・節が広島で原爆死、三兄・弥がフィリピンで戦死。

一九四六（昭和21）年　23歳

復員した夫、長男とともに千葉県東葛飾郡田中村（現柏市）で帰農生活に入る。軍隊在職中の腸疾患治療がもとでかかった夫のモルヒネ中毒に悩む。

一九四七（昭和22）年　24歳

五月、洽六、シナ夫婦が興津をひきあげ、東京の八郎の家に同居する。夏、愛子は、長女・素子出産。夫のモルヒネ中毒は完治せず、入退院を繰り返す。

一九四八（昭和23）年　25歳

六月、洽六とシナが八郎の家を出て東京都世田谷区上馬《かみうま》町二丁目に移転する。

一九四九（昭和24）年　26歳

母に勧められて田中村の生活を書いた小説らしきもの「空地」七十枚を父・紅緑に見せ、面白いといわれて文学を志す。父の紹介で加藤武雄に原稿をみてもらうようになる。六月三日、父・洽六死去。父の死を機に夫と別居し、世田谷区上馬町の実家に戻る。子供二人は婚家先の両親が引き取る。

一九五〇（昭和25）年　27歳

九月、同人雑誌「文藝首都」に加入。「文藝首都」十二月号に処女作「青い果実」が発表され、同作で文藝首都賞受賞。

一九五一（昭和26）年　28歳

「文藝首都」二月号に「西風の街」、六月号に「宇津木氏の手記」発表。別居中の夫と死別。二人の子供は夫の弟夫婦の養子となる。この頃、「文藝首都」同人達と渋谷や新宿を歩き回り、文芸論を闘わして遅い青春時代を味わう。同人仲間に、後の結婚相手で、当時、毎日新聞学芸部記者だった田畑麦彦（本名・篠原省三）がいた。

一九五二（昭和27）年　29歳

「冷焔」（「文藝首都」四月号）発表。この後しばらく、文学への自信を失い何も書けなくなる。

一九五三（昭和28）年　30歳

二月、母と衝突し、信州伊那谷の鉱泉に一カ月滞在。そこを毎日新聞社を辞めた田畑が訪れ、関西方面にともに旅したことが、結婚する契機となる。六月、実家を出て、四畳半のアパートを借りて自立。聖路加国際病院で庶務課員、病院ハウスキーパーとして働く。

一九五四（昭和29）年　31歳

「埋もれた土地」（「三田文学」十一月号）発表。

一九五五（昭和30）年　32歳

十二月、聖路加国際病院を辞める。

一九五六（昭和31）年　33歳

四月一日、田畑麦彦と結婚。世田谷区太子堂に居を定め、夫婦で作家修業に専念。新居は文学仲間のサロンとなった。

一九五七（昭和32）年　34歳

「蜜月」（「文藝首都」二月号）発表。同人雑誌「半世界」を作り、創刊号に「デッサン」を発表、詩人の吉田一穂《いっすい》に認められる。同人に川上宗薫《そうくん》、宇野鴻一郎、田畑麦彦、北杜夫、窪田般弥《はんや》、原子朗、なだいなだがいた。

一九五八（昭和33）年　35歳

「半世界」三号に「青い海」、四号に「愛子」、六・七・八号に「この朝」を発表。

一九五九（昭和34）年　36歳

「島」（「文藝首都」八月号）、「冬館」（「文學界」九月号）発表。三月、『愛子』（現代社）刊行。

一九六〇（昭和35）年　37歳

三月、娘・響子誕生。「霧の中の顔」（「文學界」七月号）発表。この年、母との共同出資で自宅を新築。

一九六一（昭和36）年　38歳

「山」（「批評」十二月号）発表。

一九六二（昭和37）年　39歳

十月、少女小説『おさげとニキビ』（秋元書房）刊行。家計を助けるため、この後数年、多くの少女小説を執筆。「半世界」出版費用の大半をひきうけ、同人の食事や小遣い銭の面倒を見て父親の遺産を使い果たしていく夫と、夫婦喧嘩の絶え間がない日々を送る。

一九六三（昭和38）年　40歳

「終わりの時」（「文藝首都」四月号）発表。「ソクラテスの妻」（「文學界」十月号）、「二人の女」（「半世界」春季号）が上半期、下半期と連続して芥川賞候補となる。九月、『ソクラテスの妻』（光風社）刊行。「男なんて」（「週刊女性」十一月二十七日号）。「さて男性諸君」（「日本経済新聞」十一月～十二月連載）。

一九六四（昭和39）年　41歳

「猫」（「別冊小説新潮」陽春特別号）、「ホテル」（「自由」二月号）、「病院の庭」（「文芸朝日」八月号）、「加納大尉夫人」（「文學界」八月号、下半期直木賞候補）発表。夫が産業視聴覚教育の教材を作成販売する会社を設立するが、資金繰りに追われ、家計が逼迫する。

一九六五（昭和40）年　**42歳**
二月、『加納大尉夫人』（光風社）刊行。「花はくれない」を書き始める。「交換台の女」（「別冊小説新潮」陽春特別号）、「女の部屋」（「文藝」九月号、後に「女の庭」と改題）、「あゝ、結婚」（「小説現代」十二月号）発表。

一九六六（昭和41）年　**43歳**
「佐倉夫人の憂愁」（「小説現代」三月号）、「はがれた爪」（「風景」三月号）、「素晴らしい日曜日！」（「小説現代」九月号）、「去った日」（「南北」九月号）発表。この頃からエッセイの注文が増え、痛烈な批評家として売り出すが、その収入のほとんどが夫の会社の運営資金となる。

一九六七（昭和42）年　**44歳**
「烈婦なる哉」（「小説現代」二月号）、「田所女史の悲恋」（「別冊小説現代」初夏号）、「マメ勝ち信吉」（「小説宝石」十一月号）発表。十二月、『花はくれない――小説佐藤紅緑』（講談社）刊行。同月、夫の会社が倒産し、莫大な借金を負い、原稿料が債務返済に消えていく日々が続く。

一九六八（昭和43）年　**45歳**
一月、債権者の取り立てから家族を守るためという夫の提案で協議離婚。この間の体験を下敷きに「戦いすんで日が暮れて」（「別冊小説現代」新秋号）執筆。十一月、『さて男性諸君』（立風書房）刊行。

一九六九（昭和44）年　**46歳**
七月、「戦いすんで日が暮れて」で第六十一回直木賞受賞。受賞後、原稿の注文が殺到し、その原稿料で借金を返済していった。四月、『戦いすんで日が暮れて』（講談社）、九月、『加納大尉夫人』（講談社）、十二月、『忙しいダンディ』（講談社）刊行。

一九七〇（昭和45）年　**47歳**
三月、『ああ戦友』（文藝春秋）、五月、『三十点の女房』（講談社）、六月、『おしやれ失格』（みゆき書房）、十月、『赤い夕日に照らされて』（講談社）刊行。

一九七一（昭和46）年　48歳

肩代わりした夫の借金返済のため、小説を書き、テレビ出演し、対談・座談会・インタビューに応じ、飛行機で地方に講演に出かけるという東奔西走の日々が続く。四月、『愛子の小さな冒険』（文藝春秋）、五月、『天気晴朗なれど』（読売新聞社）、六月、『ああ戦いの最中に』（講談社）、八月、『九回裏』（文藝春秋）、十一月、『その時がきた』（中央公論社）刊行。

一九七二（昭和47）年　49歳

三月三十日、母・シナが死去。一月、『躁鬱旅行』（光文社）、七月、『鎮魂歌』（文藝春秋）、『アメリカ座に雨が降る』（講談社）、八月、『愛子の風俗まんだら』（朝日新聞社）、九月、『赤鼻のキリスト』（光文社）、『破れかぶれの幸福』（白馬出版社）刊行。

一九七三（昭和48）年　50歳

十一月、長兄・八郎（サトウハチロー）が死去。五月、『黄昏の七つボタン』（講談社）、八月、『愛子のおんな大学』（講談社）、十一月、『或るつばくろの話』（講談社）、十二月、『忙しい奥さん』（読売新聞社）刊行。

一九七四（昭和49）年　51歳

五月、『ぼた餅のあと』（番町書房）、六月、『私のなかの男たち』（講談社）、『女優万里子』（文藝春秋）、九月、『丸裸のおはなし』（大和書房）刊行。七月に『ソクラテスの妻』が中公文庫として出版される。

一九七五（昭和50）年　52歳

四月、『坊主の花かんざし』（読売新聞社）、十月、『男の結び目』（大和書房）刊行。

一九七六（昭和51）年　53歳

北海道浦河町東栄に山荘を建てる。この地で遭遇した超常現象と、浦河町の人人との素朴で暖かい交流は、愛子の人生観と作風に大きな影響を与えていく。四月、『続坊主の花かんざし』（読売新聞社）、五月、『黄昏夫人』（実業之日本社）、十一月、『一番淋しい空』（読売新聞社）、十二月、『悲しき恋の物語』（読売新聞社）刊行。

一九七七（昭和52）年　54歳

四月、『女の学校』（毎日新聞社）、七月、『こんな幸福もある』（海竜社）、八月、『娘と私の部屋』（立風書房）刊行。

一九七八（昭和53）年　55歳

三月、『男の学校』（毎日新聞社）刊行。

一九七九（昭和54）年　56歳

四月、『幸福の絵』（新潮社）を書き下ろしで刊行し、女流文学賞を受賞。十一月、『娘と私の時間』（集英社文庫）刊行。

一九八〇（昭和55）年　57歳

一月、『むずかしい世の中』（作品社）、三月、『枯れ木の枝ぶり』（文化出版局）刊行。三月十一日より、一人娘の響子とともにタイ、インド、エジプト、ギリシャ、イタリア、イギリスへの二十三日間の外国旅行に旅立つ。七月、『奮闘旅行』（光風社出版）、十一月、『娘と私のアホ旅行』（集英社）刊行。メス犬のチビを飼う。

一九八一（昭和56）年　58歳

「マドリッドの春の雨」（「野性時代」一月号）、「オンバコのトク」（「小説新潮」三月号）発表。二月、『こんないき方もある』（海竜社）、『愛子の百人斬り』（角川書店）、『女はおんな』（集英社）、七月、『朝雨女のうでまくり』（文化出版局）、八月、『あなない盛衰記』（光風社出版）、九月、『男友だちの部屋』（集英社）刊行。

一九八二（昭和57）年　59歳

「清らかな娘」（「小説宝石」九月号）発表。一月、『愛子の新・女の格言』（角川書店）、四月、『娘と私の天中殺旅行』（集英社）、『こんな考え方もある』（海竜社）、七月、『こちら二年A組』（秋元書房）、十月、『躁病のバイキン』（読売新聞社）、『女の怒り方』（青春出版社）刊行。

一九八三（昭和58）年　60歳

「神さまのお恵み」（「小説宝石」一月号）、「岸岳城奮戦記」（「小説宝石」八月号）発表。三月、『男たちの肖像』（集英社）、六月、『日当りの椅子』（文化出版局）、十二月、『花はいろいろ』（集英社）刊行。

一九八四（昭和59）年　61歳

「人生って何なんだ！」（「問題小説」二月号）、「玄界灘月清し」（「小説宝石」八月号）、「孝行息子」（「問題小説」十二月号）発表。六月、『古川柳ひとりよがり』（読売新聞社）、八月、『スニヨンの一生』（文藝春秋）、十月、『ミチルとチルチル』（中央公論社）、十一月、『人生・男・女—愛子のつぶやき370—』（文化出版局）、十二月、『うらら町字ウララ』（新潮社）刊行。迷い犬のタローを飼う。

一九八五（昭和60）年　62歳

「幸福の終列車」（「週刊小説」一月号）、「夏が過ぎて、そして秋」（「問題小説」二月号）発表。一月、『幸福という名の武器』（海竜社）、四月、『マドリッドの春の雨』（角川書店）、『幸福の終列車』（光文社文庫）、六月、『男と女のしあわせ関係』（青春出版社）、七月、『バラの木にバラの花咲く』（集英社）、十二月、『老兵は死なず』（読売新聞社）刊行。

一九八六（昭和61）年　63歳

七月、『虹が……』（角川書店）、『娘と私のただ今のご意見』（集英社）、九月、『ひとりぼっちの鳩ポッポ』（読売新聞社）、『花は六十』（集英社文庫、『花はいろいろ』〈昭58、集英社〉を改題）刊行。

一九八七（昭和62）年　64歳

五月、『こんな暮らし方もある』（海竜社）、十月、『今どきの娘ども』（集英社）、十一月、『こんなふうに死にたい』（新潮社）刊行。

一九八八（昭和63）年　65歳

「ピリオド」（「小説新潮」二月号）、「幸福の星」（「オール読物」三月号）発表。二月、『さんざんな男たち女たち』（青春出版社）、三月、『ナース専科』（中央公論社）、『窓は茜色』（中央公論社）、九月、『夢かと思えば』（立風書房）、十一月、『凪の光景』（朝日新聞社）、十二月、『耳の中の声』（中央公論社）刊行。秋、一人娘の響子が結婚し、一人暮らしとなる。

一九八九（昭和64・平成1）年　66歳

「幸福のかたち」（「別冊婦人公論」春号）発表。五月、『こんな女でなくっちゃ―好きになったら別れるまで』（青春出版社）、九月、『メッタ斬りの歌』（集英社）刊行。七月から、「血脈」第一部（「別冊文藝春秋」夏号）連載開始（以後第一部は平成六年秋号まで）。

一九九〇（平成2）年　67歳

二月、姉・早苗が死去。「こんな母親」（「小説新潮」三月号）発表。五月、『こんな老い方もある』（海竜社）、六月、『人生って何なんだ！』（中央公論社）、八月、『淑女失格』（日本経済新聞社）刊行。八月、孫・桃子が生まれる。

一九九一（平成3）年　68歳

七月、『何がおかしい』（角川文庫、『夢かと思えば』（昭63、立風書房）を改題）、十月、『マリアの恋』（中央公論社）、十一月、『ヴァージン』（実業之日本社）刊行。

一九九二（平成4）年　69歳

「乙女の祈り」（「中央公論」文芸特集秋号）発表。三月、『上機嫌の本』（PHP研究所）、九月、『こんな女もいる』（角川文庫、『こんな女でなくっちゃ』〔平1、青春出版社〕の一部を削減し改題）、十一月、『神さまのお恵み』（PHP研究所）刊行。

一九九三（平成5）年　70歳

六月、『我が老後』（文藝春秋）、八月、

『死ぬための生き方』（海竜社）、十月、『自讃ユーモア短篇集（上・下）』（集英社）刊行。この年、二月に風呂場で転倒したのをきっかけに、住居の建て替えを決意し、六月から、旧居とり壊しのため、逗子でマンション住まいをする。

一九九四（平成6）年　71歳

「ひとりぼっちの蓑虫」（「小説宝石」一月号）発表。六月、娘・響子と婿、孫・桃子と住むための二世帯住宅完成。十月、『娘と私と娘のムスメ』（学習研究社）刊行。

一九九五（平成7）年　72歳

「血脈」第二部（「別冊文藝春秋」冬号）連載開始（以後第二部は平成八年新春号まで）。三月、『戦いやまず日は西に』（海竜社）、九月、『なんでこうなるの』（文藝春秋）、十一月、『虹は消えた』（角川書店）刊行。

一九九六（平成8）年　73歳

五月、『結構なファミリー』（ＮＨＫ出版）刊行。

一九九七（平成9）年　74歳

六月、『幸福の里』（読売新聞社）、八月、『風の行方』上・下（毎日新聞社）、十一月、『だからこうなるの』（文藝春秋）刊行。「血脈」第三部（「別冊文藝春秋」秋号）連載開始（以後第三部は平成十二年夏号まで）。

一九九八（平成10）年　75歳

「犬も歩けば」（「小説新潮」一月号）、「血脈」第三部（「別冊文藝春秋」冬号）、「血脈」第三部（「別冊文藝春秋」冬号、春号）発表。「そして、こうなった」（「オール讀売」十一月号）連載開始。

一九九九（平成11）年　76歳

「血脈」第三部（「別冊文藝春秋」冬号、夏号、秋号）発表。「そして、こうなった」を「オール讀売」一月号～十二月号に連載。

二〇〇〇（平成12）年　77歳

「血脈」第三部（「別冊文藝春秋」冬号、春号、夏号）発表。この年、十二年をかけた「血脈」完成によって、第四十八回菊池寛賞を受ける。「そして、こうなった」を「オール讀物」一、二、三、五、七月号に連載。九月、単行本『そして、こうなった』（文藝春秋）刊行。十月、『こたつの人　自讃ユーモア短篇集一』（集英社文庫、『自讃ユーモア短篇集（上）』（平5、集英社）の文庫化）刊行。「寂しい秋」（「オール讀物」十一月号）発表。

二〇〇一（平成13）年　78歳

一月、『血脈（上）』（文藝春秋）、二月、『血脈（中）』（文藝春秋）、三月、『血脈（下）』（文藝春秋）刊行。二月、『大黒柱の孤独　自讃ユーモア短篇集二』（集英社文庫、『自讃ユーモア短篇集（下）』（平5、集英社）の文庫化）刊行。「私の遺言」（「新潮45」三月号〜十二月号。十月号はなし）、「『孫』教育は老後の楽しみ」（「文藝春秋」三月号）、「卯助と畜」（「小説宝石」四、五、六月号）、「教訓なし」（「文藝春秋」七月号）、「満身創痍の幸福」（「文藝春秋」九月臨時増刊号）発表。対談「私にゃ、買いもの霊がついている」（中村うさぎ氏と。「小説宝石」一月号）、対談「人生、秘訣なし」（井上麻矢氏と。「婦人公論」二〇〇一年十二月・二〇〇二年一月合併号）、インタビュー「〝かく生きてかく死んだ〟佐藤家の人びと」（「オール讀物」四月号）、インタビュー「人は〝血脈〟に逆らえない」（「婦人公論」七月号）を掲載。この年、四月二十八日から六月十日まで、世田谷文学館において「佐藤愛子展」が開催される。

二〇〇二（平成14）年　79歳

「私の遺言」（「新潮45」一月号〜六月号）、「それからどうなる?」（「オール讀物」二、三、六、七、八、九月号）発表。

集英社文庫

不運《ふうん》は面白《おもしろ》い　幸福《こうふく》は退屈《たいくつ》だ　人間《にんげん》についての断章《だんしょう》326

2002年10月25日　第1刷
2018年3月18日　第5刷

定価はカバーに表示してあります。

著　者　佐藤愛子《さとうあいこ》

発行者　村田登志江

発行所　株式会社　集英社
東京都千代田区一ツ橋2-5-10　〒101-8050
電話　【編集部】03-3230-6095
【読者係】03-3230-6080
【販売部】03-3230-6393(書店専用)

印　刷　大日本印刷株式会社

製　本　大日本印刷株式会社

フォーマットデザイン　アリヤマデザインストア　　マークデザイン　居山浩二

ISBN978-4-08-747499-2 C0195